I0632688

# RAPITA DAI BERSERKER

LEE SAVINO

# LIBRO GRATUITO

# RAPITA DAI BERSERKER

*P*er tutta la mia vita ho vissuto in un orfanotrofio, *chiedendomi quale nuova tortura mi sarei dovuta aspettare ogni santo giorno.*

*Poi sono arrivati i Berserker, durante la notte. Le urla hanno riempito tutta la zona durante l'attacco. Sono scappata, ma non per molto. Questi guerrieri non sono venuti per combattere, o per l'oro.*

**Sono venuti per me.**

*Sono guerrieri trasformati in mostri da una maledizione, e hanno bisogno di trovare una donna con cui potersi accoppiare per spezzarla.*

*Mi hanno portata in un posto sicuro. Si assicureranno che io abbia tutto quello di cui ho bisogno. Ma per quanto siano gentili, so che non mi lasceranno mai libera come vorrei essere.*

**Perché mi vogliono tutta per sé.**

NOTA DELL'AUTRICE: Rapita dai Berserker è un romanzo indipendente incentrato su un menage MFM che vede come protagonisti due enormi guerrieri dominanti la cui vita ruota

1

tutta intorno alla loro donna. Leggi tutta la saga Berserker per scoprire quello di cui i lettori non possono smettere di parlare…

## SAGE

Camminai acquattata nel sentiero dell'abbazia, i miei passi coperti dal canto delle donne all'interno dell'orfanotrofio—le suore, che in quel momento erano intente a recitare i Vespri. Alle mie spalle, il Sole stava scendendo dietro le grandi rocce tutte intorno.

Mentre salivo le scale verso il sentiero nascosto, un movimento catturò la mia attenzione. Normalmente non sarei andata oltre le mura dell'abbazia, perché era sempre stata la mia casa sin da quando ero bambina, e tutto ciò che conoscevo si trovava dentro quelle mura. Ma quel pomeriggio c'era stato qualcosa che mi aveva richiamato fuori da lì. Allungando il collo, mi alzai sulle punte dei piedi e guardai oltre la roccia per vedere meglio.

Un enorme uomo barbuto era fermo sul bordo del campo, poco nascosto dagli alberi. Era così fermo che quasi avrei potuto scambiarlo per uno di quegli stessi alberi. Un'altra figura si avvicinò al suo fianco, una creatura dal folto pelo marrone e grigio. Un cane—ma sembrava molto più grande e molto più selvaggio. Non un cane, quindi. Un lupo.

Mi tirai indietro, nascondendomi dietro una colonna, sperando che il guerriero non mi avesse vista. Le mura intorno all'abbazia erano state abbastanza per tenere lontani possibili visitatori ma, nell'ultimo anno, delle figure alte e scarne erano venute molto spesso. Si muovevano come guerrieri, e parlavano a stento. Le mie amiche, orfane come me, ed io avevamo spesso pensato che fossero persone ingaggiate dal frate per tenerci sotto controllo.

Ma quell'uomo barbuto non sembrava affatto come loro. Era fermo con i piedi puntati per terra, i muscoli tirati e una giacchetta di pelle addosso, una mano sull'ascia attaccata alla sua cintura. Un guerriero vero, come non ne avevo mai visti prima.

Quando provai a guardare di nuovo, sia il guerriero che il lupo non c'erano più.

Nervosa, camminai velocemente verso lo stesso sentiero che avevo già percorso, ed entrai all'interno delle cucine. Un gridolino mi fece fermare.

«Oh, Sage, mi hai fatto prendere un colpo.»

La giovane donna, pressappoco della mia stessa età, era ferma dietro un'enorme pentola piena di stufato, il viso arrossato dal calore. La sua mano era pressata sul suo petto ampio.

«Perdonami, Laurel» mi rilassai io immediatamente.

«Cammini sempre così silenziosamente» esclamò la donna dai capelli scuri, un sorrisetto ad illuminare quel piccolo viso adorabile. Risposi con uno anche io, fino a quando lei disse, «Stai cercando di scappare via dal frate?»

«Mi sta cercando?» chiesi, forzando il mio tono a rimanere neutrale.

«Urlava il tuo nome poco fa» fece una smorfia lei. La maggior parte delle ragazze sapeva che ero la preferita del frate, ma poche sapevano come ero arrivata ad essere considerata tale. Avevo detto la verità soltanto alla mia amica

Willow, perché sapevo che lei non avrebbe mai parlato. Laurel doveva averlo semplicemente capito.

«È meglio che vada da lui, allora.»

«Sei sicura?» chiese lei, abbassando la voce. «Potrebbe essere meglio restare nascosta. Puoi restare qui dentro se vuoi… sto cucinando il cavolo, e lui non sopporta l'odore.»

«No, è meglio che vada da lui.» Non ero in grado di cambiare il suo umore, però riuscivo a far calmare la sua ira abbastanza da proteggere le altre ragazze. Quando vidi lo sguardo compassionevole di Laurel, decisi di cambiare argomento. «Le suore lo sanno che ti sei cambiata d'abito per cucinare la cena?»

L'abito della giovane donna era completamente tirato davanti, a causa dei suoi seni prosperosi. «Qui dentro fa troppo caldo per tenere addosso tutti quei vestiti.» Scosse la testa con una sicurezza che non possedeva quando usciva da quelle cucine.

«Io ho la bocca cucita se ce l'hai anche tu.» Avrei sorriso, se solo non mi fossi sentita davvero così preoccupata. «Però promettimi che starai attenta.»

«Le suore non mi punirebbero mai se questo significasse far arrivare la cena in ritardo al frate. Potrebbero provare a farmi digiunare un'altra volta» disse, alzando gli occhi al Cielo. «Ma l'ultima volta che ci hanno provato non è andata proprio come speravano, non è così?» S'indicò quel corpo pieno di curve che le faceva sempre vincere tantissime occhiate dagli uomini giù al villaggio, ogni volta che andavamo a raccogliere erbe per creare le spezie. Si vociferava che tutti gli uomini del villaggio l'avessero proclamata la donna più bella in giro. Beh, tutti quanti—tranne quegli uomini dai volti sempre grigi, che non parlavano affatto. Però, a loro discolpa sembravano meno uomini e più spaventapasseri, i loro volti sempre privi di espressione, come se non fossero neanche vivi.

«Il che mi ricorda» disse Laurel mentre mescolava il cavolo con una mano ed afferrava un piatto coperto con l'altra. «Ho preparato qualcosa da mangiare per te.»

Le feci cenno di metterla via, e lei strinse le labbra. «Lo vedo, sai, che tu e Rosalind non toccate cibo quando il frate decide di prendersela con qualcuna delle più piccole e ordina loro di non mangiare. Ma ultimamente sta dando queste punizioni un po' troppo.» Alzò un sopracciglio, sfidandomi ad andarle contro. «Specialmente da quando Hazel è scomparsa.»

«Sh!» sussurrai, prendendo il piatto per farla calmare. «Non parlare di questo discorso ad alta voce.»

«Ma—» Doveva avermi visto provare a cacciare indietro le lacrime, perché d'un tratto si fermò e si limitò ad annuire. «D'accordo... D'accordo.» Avevamo sofferto tutte delle punizioni a causa della scomparsa di Hazel, che il frate chiamava *peccati*—ma più dei suoi peccati, la cosa peggiore era che di lei non si sapeva più niente. Era semplicemente scomparsa, e nessuno sapeva dirci quando e se sarebbe tornata. «Manca anche a me.»

«Lo so.» Avrei voluto dirle di più, ma non volevo rischiare di essere sentita da qualcuno che non avrebbe dovuto sentirci. Il muro oltre la cucina portava all'ufficio del frate. Sotto la gonna portavo ancora i segni della sua ultima sfuriata. Non sapevo cosa fosse successo ad Hazel, ma l'abbazia non era più un posto sicuro. Forse non lo era mai stato, e solo adesso ero riuscita ad accorgermene.

«Dai questo piatto a chiunque tu voglia. Però mangia anche tu» mi disse con voce materna, nonostante non fosse neanche più grande di me.

«Lo darò a Willow. È andata al mercato, oggi, e fra poco ci sarà la Luna Piena... è arrivato il suo turno.» La mia voce si fece più bassa e sommessa, ma Laurel sapeva benissimo a cosa mi stessi riferendo. Tutte le ragazze più grandi, dentro l'abbazia, si sentivano richiamate dal canto della Luna ogni volta che diventava piena, allo stesso modo in cui i pescatori si sentivano richiamati dall'acqua, da ciò che viveva all'interno. Come loro, la nostra vita dipendeva da Lei.

«D'accordo… Willow può avere la maggior parte del piatto, ma non tutto. Promettimelo, Sage. Promettimi che ne mangerai anche solo un po'.»

Le scoccai un sorriso lieve, ma non promisi. Il mio stomaco era tutto aggrovigliato al pensiero di ciò che avrebbe portato la notte. Le guardie silenti in giro per l'abbazia erano arrivate proprio intorno al momento in cui Hazel era sparita, ma non prima di dirci che era arrivata una strana ragazza che il frate aveva fatto rinchiudere sulla torre. E poi, sia Hazel, che la strana ragazza, che quelle guardie silenti erano scomparse. Il tutto aveva portato il frate a perdere la testa, ed essendo la sua orfana preferita, io ero diventato il bersaglio prediletto di quella follia.

«Sage…» Laurel strinse i pugni sui fianchi, imitando una delle suore più severe all'interno dell'abbazia.

«Farò quello che posso.»

«Laurel!» urlò il frate dall'altro lato del muro. «Willow è con te?»

Laurel mi spinse in un luogo nascosto alla vista prima di urlare di rimando, «Willow è al mercato, signore, ricorda?»

«Ah» lo sentì mugolare. «Sarebbe dovuta già essere qui. Mandala da me quando torna.»

«Certamente, padre» trillò lei, facendo una smorfia verso. Le feci cenno di rimettersi addosso la gonna, ma lei scosse la testa. Le mie mani si strinsero sul tavolo. Se l'avesse vista mezza vestita… trattenni una mezza risata-mezzo pianto dentro. L'unica orfana che lui voleva vedere senza vestiti ero io. Laurel, in effetti, non aveva nulla da temere.

Per un attimo mi ritrovai ad odiarla, e poi me ne vergognai subito.

«Cavolo stasera, un'altra volta?» chiese il frate, che si stava avvicinando. Sentimmo i suoi passi farsi fermi.

«Sì, signore. Però ho preparato anche la carne per lei. E il vino.»

«Bene, allora. Fai venire Sage da me con la cena.»

«Sì, signore» ripeté Laurel, poi fece una linguaccia alla porta chiusa.

I passi pesanti del frate si fecero sempre più lontani.

«Vedi? Te l'ho detto. Lui odia il cavolo.»

«Grazie.» Pressai la mano sul mio stomaco, sentendolo brontolare.

«Vai a cercare Willow. Per quanto odi ammetterlo, il frate ha ragione: sarebbe già dovuta tornare. Ma se quando vai da lui gli dici che era già tornata prima che facesse buio, lui a te crederà di sicuro.»

Mi limitai ad annuire prima di andare via. All'inizio camminai in punta di piedi, per evitare di farmi sentire da qualche passante, ma non trovai nessuno vicino all'unica entrata dell'abbazia. Le suore non avevano nessun motivo di avvicinarsi, e le orfane non ne avevano il permesso.

Ripensai all'uomo e al lupo fermi all'inizio della foresta, proprio oltre la strada che portava al villaggio. Sembravano aspettare qualcosa… o qualcuno. Willow sarebbe passata proprio da quella parte.

Dovevo avvisarla. Corsi, i miei passi a riecheggiare dentro la sala, e trovai Willow dentro il santuario, intenta a fissare la statua di Madre Maria.

«Willow» la chiamai, e lei sbatté le palpebre come se l'avessi svegliata. Le sue guance erano arrossate, e le sue braccia vuote.

«Hai finito con i tuoi compiti?» le chiesi, rilassandomi quando mi mostrò il cesto. Il frate avrebbe richiesto le prove dei soldi che avevamo accumulato. Le orfane facevano il duro lavoro, ma tutti i soldi li teneva sempre lui.

Willow mi sembrava un po' pallida, se non fosse stato per quelle due chiazze rosse sulle guance. Volevo chiederle se avesse visto il guerriero, ma sembrava già scossa da qualcosa e non volevo causarle altro stress. Eravamo tutte sempre sull'attenti, da quando Hazel era scomparsa. «Ci vieni, ai Vespri?»

«No, non posso. È quasi Luna piena.» Lo sguardo di Willow cadde sui suoi piedi. La febbre ormai le veniva regolarmente. Hazel ed io avevamo cominciato a soffrirne pure, ma a intervalli irregolari. Willow, invece, ne soffriva ogni volta con l'arrivo della Luna.

«Tieni.» Mi avvicinai a lei, dandole il pasto che Laurel aveva avvolto per me.

Lei prese il cestello senza dire una parola e, pensai, senza nessuna voglia di mangiare. Quando sarebbe arrivata la febbre, non avrebbe avuto nessun altro pensiero in testa che uno solo, e quello non sarebbe stato il cibo.

«Devo comunque andare dal frate» disse poi.

«Ci vado io» risposi subito, prendendo il cesto.

«È arrabbiato da quando Hazel è scomparsa.»

«Starò bene, non devi preoccuparti» risposi, fingendo un coraggio che in realtà non mi apparteneva.

Willow prese l'orlo della mia manica e lo alzò in alto. Io non abbassai lo sguardo per seguire il suo; sapevo cosa ci avrebbero trovato i suoi occhi. Non c'era nulla che avessi potuto fare a riguardo.

Il frate sceglieva una ragazza preferita diversa una volta ogni paio d'anni. Le preferiva con i capelli biondi e il visino un po' da bambina. La prima era stata Sari. Poi era venuto il turno di Rosalind. E adesso c'ero io. Lo avevo già visto adocchiare una delle più piccole, Aspen, una ragazzina bionda dagli occhi azzurrissimi. Rosalind ed io eravamo intenzionate a far sì che lui non spostasse mai la sua attenzione da noi. Rosalind in particolar modo, perché Aspen era sua sorella. Avremmo fatto qualsiasi cosa per proteggere le altre. Almeno fino a quando anche noi non saremmo sparite.

Per mio sollievo, Willow decise di non dire nulla sui segni.

Lasciò andare la mia manica e disse, «Il proprietario del negozio mi ha fatto un buon prezzo per le erbe. E mi ha chiesto di avere un po' più di quella soluzione che crei per i mal di testa.»

«Glielo farò sapere.» Quei soldi sarebbero stati abbastanza per placare il frate, almeno per quella sera. «Grazie, Willow.»

Ma la sua mente era già lontana, i suoi occhi sulla statua in un'espressione persa.

Me ne andai via in silenzio, lasciandola ai suoi pensieri.

* * *

Trovai il frate nel suo ufficio, la porta chiusa con forza per tenere lontano l'odore del cavolo. Laurel gli aveva già dato la cena, e lui a malapena alzò lo sguardo dal piatto quando entrai.

Poggiai il cesto vicino a lui. Non avevo neanche guardato dentro.

«Che cosa è?» mormorò.

«Willow è tornata» gli dissi. «L'ho mandata a finire il suo lavoro e le ho portato il ricavato.»

Lui mise una grossa mano dentro il cesto, e non perse tempo a tirar fuori tutte le monete all'interno, contandole.

«L'aspettavo di ritorno molto prima» si lamentò. «Ha perso tempo a farsi corteggiare come una puttana?»

Non risposi.

«Non hai niente da dire?» ridacchiò. Io mi rilassai un po' a quel suono. Forse sarebbe stato clemente con me, quella sera. Forse non era arrabbiato.

«Calmati, ragazza. Non ti menerò, per questa sera. Va tutto bene.»

Il ricavato doveva averlo soddisfatto abbastanza. Eppure, nonostante questo, io feci comunque un passo indietro, cercando una scusa per andare via.

«Vuole un altro po' di vino?» gli chiesi, facendo un cenno verso il suo bicchiere.

«No, non stanotte. Ma torna da me più tardi, Sage.»

Io feci un piccolo inchino, poi me ne andai. Il mio stomaco prese a fare le capriole dentro il mio corpo ancora e ancora, e fui contenta di aver deciso di non mangiare.

# THORBJORN

*a*spettai nascosto all'ombra dal Sole all'interno della foresta, le braccia conserte sul mio petto e il mio guerriero fratello Rolf nella sua forma da lupo al mio fianco. Avevamo combattuto molte battaglie insieme, ed entrambi conoscevamo il potere che precedeva sempre ognuna di esse. Controllai ancora e ancora che la mia ascia fosse abbastanza affilata, che le mie cinture fossero ben attaccate intorno alla mia vita, che i miei stivali fossero a posto. Tutto era pronto. Ora, l'unica cosa che mi restava da fare era respirare e fissare l'abbazia.

Due guerrieri camminarono verso di noi, quello dai lunghi capelli rossi con indosso un sorrisetto da stupido.

«Leif, Brokk» li salutai.

«Ne abbiamo incontrata una—una profetessa. Non ha un compagno» disse Leif, sfregando le mani l'una contro l'altra. Brokk era fermo dietro di lui, in silenzio come al solito, ma c'era una certa impazienza frizzante intorno a lui, in quella sua espressione di solito molto riservata.

*Stupidi idioti,* disse il lupo al mio fianco attraverso il legame del branco.

«I nostri ordini erano di restare nascosti» dissi invece io.

«Ed è per questo che voi state fermi sul bordo della foresta, sperando di vedere una potenziale compagna?» chiese Leif, alzando un sopracciglio.

Né io né Rolf rispondemmo, o dicemmo loro della donna che avevamo visto dietro le rocce prima di andarcene via all'interno della foresta ad aspettare.

«Lo avreste fatto anche voi, se aveste trovato quella che richiama la vostra Bestia» continuò Leif.

Io scossi la testa. «E che succede se la donna che avete visto dice tutto al frate, e il frate allerta il suo Signore?»

«Non lo farà. Era troppo spaventata per trovare il coraggio di dire a qualcuno di averci visto» disse Brokk, e un po' di quel solito buon umore di Leif andò via dal suo viso.

«Brokk ha ragione» concordò il rosso. «Qualsiasi cosa facciano a queste donne all'interno di quell'abbazia, lei aveva più paura di quello che di noi.»

«Oppure siamo stati noi a spaventarla» disse Brokk, facendo tremare Leif di rabbia, la sua Bestia pronta a salire in superficie. Brokk poggiò una mano sul braccio del suo guerriero fratello, e il controllo tornò in lui, le sue spalle a rilassarsi e quella luce dorata nei suoi occhi venire meno.

«Diteci di più della donna che avete conosciuto» dissi io. Sarebbe stato un peccato se Leif avesse perso il controllo proprio adesso che aveva trovato una potenziale compagna. Avevamo aspettato tutti così tanto per quel momento. Leif era un ottimo guerriero, anche se parlava più di tutti i Berserker messi insieme.

«È piccola, magra e perfetta» disse Leif. «Willow. Si chiama Willow» continuò, e quel suo nome lasciò le sue labbra come un gemito, un guaito animale.

In forma da lupo, Rolf rispose a quel guaito con uno suo, uno di simpatia. *Possono reclamarla in qualche modo?* Chiese direttamente a me attraverso il nostro legame fraterno e privato. *Leif è vicino a perdere il controllo. Se qualcun altro provasse a prendersela...*

*Dovremmo semplicemente salvare quelle donne, non lottare l'uno contro l'altro.* Gli Alpha avevano reso chiaro che qualunque Berserker avesse perso il controllo sarebbe morto. Non avremmo mai permesso alle profetesse di ritrovarsi in pericolo—le uniche donne in grato di placare la nostra Bestia.

Io ero uno dei più grandi e dei più forti tra i lupi, ed ero uno dei più dominanti. Gli Alpha si fidavano di me al comando.

Dissi a Leif, «Darò l'ordine—nessun altro Berserker deve toccarla. Tu e Brokk vi avvicinerete a sud del fronte. Se vedete di nuovo la vostra potenziale compagna, potete prenderla con voi.»

«Grazie» disse Brokk. Poi si rivolse al suo compagno, dicendo, «Andiamocene, adesso. Dobbiamo essere pronti, se vogliamo reclamarla.»

Per avvicinarsi a sud del fronte, lui e Leif avrebbero dovuto percorrere una lunga strada intorno all'abbazia, e arrivare lì direttamente dalla foresta. Rolf ed io avevamo intenzione di avvicinarsi dalla parete vicina a dove eravamo stati fermi per tutto il tempo, ma fare quella strada avrebbe sicuramente aiutato Leif con la sua Bestia.

«Reclameremo quella che si chiama Willow» insistette Leif. «E voi, Thorbjorn? Rolf? Avete già scelto la donna che sarà vostra?»

Mi spinsi oltre il legame tra me e Rolf, un tocco leggero lungo quel filo che ci aveva tenuti in vita per oltre un secolo. Ogni qualvolta la mia Bestia provasse ad uscir fuori, Rolf la rimetteva a posto. Ed io ritornavo il favore allo stesso modo, per lui.

«Riusciamo a sentirla» dissi per entrambi. «Ci sta aspettando.»

Anni di attesa e adesso, finalmente, si era avvicinato il momento di spezzare la maledizione. Ma Rolf ed io avevamo imparato a nostre spese a non riporre tantissime speranze prima di essere assolutamente certi di qualcosa.

*Presto, avremo tutti le nostre compagne,* disse Rolf, le sue parole simili ad una profezia.

«Stanotte» aggiunsi io. «Le prenderemo stanotte.»

## SAGE

Il dormitorio per noi orfane aveva venti letti. Le ragazze—perché non c'era nessun ragazzo—dormivano in due o in tre in uno stesso letto. Io ero seduta su quello che condividevo con Willow, sulle gambe un vestito rovinato che stavo cercando di ricucire meglio che potessi sotto quella luce soffusa. Le candele non erano molte a disposizione per noi orfane, ma Rosalind aveva il permesso di accenderne una sola per assicurarsi che le orfane fossero a letto al sicuro. L'aveva posizionata tra me e Fern e poi era andata a fare di guardia alla porta, per avvertirmi se le suore fossero venute a controllarci.

«Non so come sia successo» disse Aspen, la sorella più piccola di Rosalind, in piedi di fronte a me con il labbro inferiore tra i denti e le mani strette l'una all'altra. «Ivy mi ha sfidata a scalare un piccolo albero, ma sono stata così attenta…»

«Non ti preoccupare» mormorai io, stringendo gli occhi verso il vestito. «Lo aggiusterò e mi assicurerò che non si veda nulla. Non sono brava come Fern, ma ci posso riuscire.»

«Beh, lo avrei chiesto a Fern, però lei sta ricucendo quello di Ivy…»

Alzai gli occhi e sorrisi a Fern, una ragazza dolce con capelli del colore delle foglie d'autunno. Ivy, che aveva la stessa età di Aspen, era ferma vicino a lei, la fronte aggrottata in dispiacere. Come Aspen, aveva una mano poggiata sul suo petto.

«Ecco qui. Come nuovo.» Controllai la linea perfetta della cucitura e poggiai sul letto il vestito. «E adesso controlliamo le mani.»

La mano sinistra di Aspen lasciò andare la destra. La vidi assottigliare lo sguardo e fare una smorfia quando presi a controllare il suo palmo arrossato, e le chiesi di allungare le dita.

«Le frustate sulle mani sono la punizione preferita di Sorella Anne» dissi, girando la mano di Aspen dall'altro lato per controllare. «Ha per caso visto il vestito strappato, oppure ha assistito ad una delle tue piccole bravate?»

«Ci ha viste salire sull'albero e cadere, ma non ha guardato i vestiti.»

«E allora non avrà motivo di punirvi ancora» le dissi, stringendole la mano buona, che non era più stretta all'altra. «Tanto il vestito non è più rovinato. Ma promettetemi di non provare a salire sugli alberi un'altra volta.»

«Sorrel lo fa tutto il tempo.»

«Sorrel è per metà scoiattolo.»

Uno sbuffo si levò da un angolo lontano, dove Sorrel, una giovane ragazza dalla pelle scura, era seduta con le gambe incrociate intenta ad assottigliare le punte delle frecce che aveva creato lei stessa come kit di sopravvivenza personale.

«Parte scoiattolo e parte volpe» mi corressi subito. «E forse parte pesce, se nuota bene come sale sugli alberi.»

«Quella non sono io» disse Sorrel. «Io mi limito a scalare alberi. Quella a cui piace nuotare è Willow.»

Aspen ridacchiò.

«Okay, è arrivato il momento di andare a letto. Lavatevi il viso prima, e chiedi a tua sorella se può darti un bicchiere di acqua fredda per la tua mano. Per domani mattina, vedrai che dovrebbe essere nuova proprio come il vestito.»

«Mi aiuterai a lavarmi?»

«Non posso, devo fare delle cose.»

Aspen accettò la mia risposta, ma Sorrel mi guardò con uno sguardo appuntito.

«Dov'è Willow?» chiese quest'ultima poi, a voce alta.

«Sh!» scattò Rosalind, a voce altrettanto altra. «Willow sarà di ritorno a momenti. È andata al mercato, e il frate ha voluto vederla.» Ed era tutto vero, ma Rosalind sapeva tanto quanto me che Willow non sarebbe tornata al dormitorio quella notte. Si era andata a nascondere dentro una botola poco lontana dall'abbazia, dove sarebbe rimasta fino a quando il peggio della febbre non sarebbe passato.

«Devo andare dal frate anche io. Le dirò che hai chiesto di lei» dissi. Sarei andata a controllare Willow dopo aver placato il frate, quindi non avevo davvero mentito. Avevo soltanto omesso alcuni dettagli. Rosalind ed io avevamo concordato che sarebbe stato meglio tenere alcune cose segrete, ma nessuna delle due voleva davvero mentire in maniera diretta alle altre. Eravamo l'unica famiglia che ognuna di noi avesse.

L'aria fresca della notte mi si gettò sul viso quando uscii dal dormitorio per tornare velocemente nelle cucine e verso l'ufficio del frate. Forse sarei riuscita ad evitare le sue mani fino a quando non si sarebbe addormentato, poi sarei scappata e avrei dormito fuori. Willow ed io tenevamo alcune coperte dentro la botola, ma con la febbre, lei non ne avrebbe usata alcuna. Io, invece, ne avrei prese due e mi ci sarei rintanata dentro, passando la notte sotto le stelle. A respirare aria pulita. Oppure sarei rimasta vicino a Willow, dandole acqua quando le sarebbe servita, facendole compagnia durante la sofferenza, e distraendo chiunque sarebbe potuto passare vicino alla botola cercandola. Passare la notte lontane dall'abbazia era rischioso, ma ancora più rischioso era essere scoperte dal frate nel pieno della nostra febbre.

Perché tutte le altre ragazze che erano state scoperte erano scomparse.

«Sage» sibilò qualcuno dietro di me. Io per poco non mi sentii morire.

«Sorrel?»

La ragazzina che sembrava più un ragazzaccio uscì fuori dalle ombre, un'espressione arrabbiata in viso. «Tu e Rosalind non riuscite a prendere in giro nessuno. Dimmi la verità. Che cosa sta succedendo?»

Sorrel era arrivata in orfanotrofio molto piccola. Le suore l'avevano chiamata, come ad ognuna di noi che era arrivata lì troppo piccola per poter avere un nome, come una pianta. Un'erba selvatica. Era di qualche anno più piccola di me, Willow e Rosalind, e non era ancora arrivata la sua febbre. Non sapeva neanche cosa fosse, perché lo tenevamo nascosto.

«Devo sbrigare delle cose per il frate, Sorrel. Devo andare da lui adesso.»

«Non mentirmi. Lo so che stai tramando qualcosa. Tu e le altre.» Si morse il labbro, guardando da un'altra parte per un momento, come se stesse provando a cacciare indietro le lacrime. Una sorpresa—non avevo mai visto Sorrel piangere. Anche quando prendeva le punizioni dalle suore, cosa che capitava molto spesso grazie a quella sua natura selvaggia. «Lo so che Hazel è scomparsa per un motivo.»

«Io non c'entro niente con quella discussione—»

«Lo so! Ma non posso aiutarti a combattere se non so—»

«D'accordo» dissi, spingendola di nuovo verso l'oscurità. «D'accordo! Prima di scomparire, Hazel è venuta da noi e ci ha detto che il frate sta mentendo. Non è vero che cerca mariti a cui darci in sposa. Sta tramando qualcosa. È per questo che Sari è scomparsa, e adesso è andata via anche Hazel. Non so cosa stia succedendo, ma il frate sta prendendo le ragazze—letteralmente *prendendo*—per venderle a qualcuno, e loro non vengono più viste.»

«Lo sapevo» sussurrò lei. «È per questo che ci sono le guardie.»

Io sbattei le palpebre. «Cosa?»

«Quelle guardie pallide?Sono certa che tu le abbia viste, almeno una volta. Quelle che continuano a camminare in giro, con quella pelle strana e grigia. Non parlano molto, ma quando lo fanno il suono sembra più un sibilo che qualcosa di umano.»

Io rabbrividii. «Sì, le ho notate.»

«Non sono qui per tenerci al sicuro. Sono qui per assicurarsi che *restiamo* qui. Ma perché?» continuò, dando voce ai miei pensieri. «Che cosa vogliono da noi?»

«Ehi?» disse una piccola voce dalle tenebre. Sorrel ed io scattammo dalla paura, ma da noi arrivò solo una piccola ragazza. Una delle bambine.

«Torna a letto, Violet» disse Sorrel.

«Non riesco a dormire» rispose lei, accarezzandosi le braccia.

Mi tolsi lo scialle che avevo sulle spalle, mettendolo sulle sue. «Ti fa male la pancia?»

«No. Ho sognato voci nel buio e il rumore di armi che si infrangevano l'una contro l'altra.»

«È stato solo un brutto sogno» le disse Sorrel, mentre io le accarezzavo i capelli per calmare il suo corpo scosso dai tremiti.

«Mi riaccompagni di nuovo in camera?» mi chiese Violet.

Io mi morsi il labbro. Il frate mi stava aspettando davvero.

«Vai da lui» sospirò Sorrel, sciogliendo le sue braccia e

allungandone uno verso la piccola. «La porto io. Ma questa conversazione non è finita. Voglio sapere ciò che sai anche tu.» I suoi occhi si strinsero nei miei oltre la testa di Violet.

«Ti dirò tutto» sussurrai. «Te lo prometto. Solo... non stanotte.»

Aspettai di vederle sparire oltre il muro prima di continuare a camminare.

I miei passi riecheggiavano nel corridoio di pietra. A metà strada verso le cucine, mi fermai. La notte ormai era calata, e sarebbe dovuta essere piena del canto degli uccelli. Ma da fuori, quella notte,non giungeva alcun suono.

Era strano.

Laurel era ancora dentro la cucina, a pulire le pentole.

«Sage» disse quando mi vide, raddrizzando la schiena e asciugandosi le mani. «Urla il tuo nome da un po'. Gli ho dato la carne migliore, molto pesante. Dovrebbe addormentarsi presto. E dagli questo» mi disse, passandomi una brocca di vino.

«Grazie» risposi soltanto, andando avanti per non guardare la sua espressione compassionevole. Due parole sarebbero state sufficienti a farmi correre via piangendo, cercando riparo da qualsiasi altra parte, o via verso Willow all'interno di quella botola. O via.

E basta.

Presto.

Sarei andata via presto.

Con il cuore a martellare dentro il petto, mi fermai di fronte la porta del frate e bussai.

«È Sage» dissi da fuori. La chiave scattò e la porta si aprì. Il frate mi fece accomodare dentro. Le monete che Willow aveva riportato dal villaggio erano ancora sparpagliate sul tavolo. Gli passai il vino e ritornai verso la porta.

«Vieni qui, piccola bambina» mi disse però prima di poter

scappare via, la sua mano a sbattere contro la sua coscia. Il mio stomaco si restrinse immediatamente.

Era così che la sua violenza cominciava.

Sempre.

Ma fu in quel momento che sentimmo l'urlo.

Brutto e violento.

Uno squarcio in una notte altrimenti tranquilla.

# ROLF

*I* lupi ci vedono anche ad occhi chiusi. Nel buio, ad aiutarli sono i suoni e gli odori. Fu esattamente ciò che aiutò me, altrimenti cieco nell'oscurità dell'abbazia. Guidai i guerrieri verso il giardino pieno di erbe dall'odore pungente e di trappole per conigli, oltre una stalla fatiscente e verso l'edificio di pietra fredda. All'interno, l'odore dolce delle donne pulsava come una stella viva—pelle soffice, pulita e profumata, floreale. L'odore dell'innocenza, di un frutto privilegiato e pronto ad essere spolpato. Pronto ad essere preso.

*La nostra compagna.* Il lupo alzò la testa mentre la mia natura selvaggia—la mia Bestia—guaiva.

*Calmo*, m'intimò Thorbjorn dentro la mia testa. *La prenderemo presto.* Lui era in attesta fuori dalle mura, a pattugliare la strada. Gli feci vedere l'abbazia attraverso il legame.

*La sento anche io, proprio come te. La nostra compagna. La nostra vera compagna.* Quella che ci avrebbe aiutati a sconfiggere la nostra maledizione. Per sempre.

Il mio corpo prese a tremare, impaziente. Più di qualsiasi altra cosa, odiavo quella maledizione, quella magia che mi scorreva nelle vene, che metteva insieme la mia natura da guerriero e da lupo con quella di una creatura selvaggia e malvagia, fatta di nient'altro che desiderio. Desiderio di sangue. Desiderio di pelle.

Soltanto una donna avrebbe potuto salvarci. E non una qualunque. La nostra vera compagna.

*Lei è qui. La troveremo*, dissi al mio guerriero fratello.

*Riesci ad andare più avanti senza farti vedere?*

*Dì ai guerrieri di aspettare per un tuo segnale. Proseguirò prima io.*

Mi accucciai sulla pancia, strisciando lentamente per terra. Voci basse si fecero strada verso di me, ed io mi fermai. C'era troppa luce data dalla Luna sul mio passaggio, su quella parte che separava dove io stavo e dove, invece, si trovava l'entrata dell'abbazia.

*C'è qualcuno nel sentiero. Lasciatela passare.*

Aspettammo, a malapena in grado di respirare. Un guerriero si mosse, e le sue armi cozzarono l'una contro l'altra.

*Stupido.* Digrignai i denti contro di lui, prendendo dentro di me la potenza dominante del mio guerriero fratello. *Metti via quelle stupide asce. Dobbiamo prenderle, quelle donne, non fare loro del male.*

*Fai come ti dice Rolf*, mi fece eco Thorbjorn, dando valenza al mio comando attraverso il legame del branco.

Un pianto soffocato si fece largo nel silenzio. Tutti quanti ci trasformammo in ghiaccio.

*Ne abbiamo presa una*, disse Brokk. *La donna che abbiamo incontrato prima nel sentiero. Si stava nascondendo dentro una botola all'entrata della foresta.*

*Dovrebbero essere tutte a letto...* disse Thorbjorn. *Dobbiamo muoverci in fretta.*

Il vento sferzò contro di me, portando con sé un profumo che sapeva di miele. La Bestia dentro di me alzò la testa, ma per la prima volta... non voleva combattere.

*Lo hai...* cominciò Thorbjorn senza finire, troppo meravigliato per riuscire a continuare.

*Sì. L'ho sentita anch'io... È la nostra compagna.*

Un guerriero ruppe le righe, correndo attraverso il campo, sotto la luce della Luna.

*Fermati!* Ordinò Thorbjorn, ma fu troppo tardi.

Il primo urlo di quella notte rimbombò nel silenzio.

*Andate, adesso! Sanno che siamo qui!* Thorbjorn corse lungo la parete e saltò oltre essa. *L'effetto sorpresa è andato. Adesso l'unica cosa che ci rimane è correre.*

Scattai in avanti, seguendo il mio olfatto lungo la scia d'odore che la donna aveva lasciato con sé. Mi chiamava.

I guerrieri mi seguivano, spingendosi contro ogni porta e correndo attraverso le pareti di pietra. Entravano alla ricerca delle profetesse ed uscivano da lì con esse in spalla.

L'operazione era cominciata.

# SAGE

«Che cosa è stato quell'urlo?» chiese il frate, l'espressione contorta dalla rabbia.

Mi morsi il labbro. Una delle ragazze doveva aver fatto un brutto sogno ed essersi lasciata andare ad un urlo forte abbastanza da svegliare le suore... e ora tutte le ragazze ne avrebbero pagato le conseguenze.

«Vado a controllare» dissi, provando ad allontanarmi, ma non abbastanza in fretta. La sua mano si strinse intorno al mio polso ed io inciampai.

«Silenzio. Pensi che non sappia cosa voi puttane fate durante la notte?»

Il frate si alzò, avvicinandosi a me con movimenti strani, strascicati.

Io mi feci indietro. Laurel doveva aver drogato il vino, ma non abbastanza da renderlo completamente innocuo. Scattò in avanti, ed io gli chiusi la porta in faccia.

Il suo urlo mi disse che ne avrei pagato le conseguenze.

Corsi di nuovo lungo il corridoio, verso le cucine. Laurel mi aspettava lì, torturandosi le mani l'una con l'altra.

«Che cosa è stato? Cosa sta succedendo?»

«Qualcuno ha urlato» dissi, a denti stretti. «Una delle ragazze deve aver fatto un brutto sogno.»

«Io non credo—»

Un altro urlo rimbombò nella notte, seguito da pianti incessanti. La ciotola tra le mani di Laurel cadde rovinosamente giù, infrangendosi sul pavimento.

«Cosa diavolo sta succedendo!» urlò il frate da dietro la sua porta.

Io e Laurel scattammo in una corsa, lontane da lui; io andai fuori, lei si nascose dietro un angolo. Mi sentii immediatamente in colpa all'idea di lasciarla lì, ma, se tutto fosse andato bene, il frate avrebbe pensato piuttosto a seguire me che fermarsi con lei.

Avrei voluto non scoprirlo mai.

Corsi via lungo il corridoio fino ad arrivare fuori, ma un movimento improvviso di fronte a me mi fece fermare di colpo.

Uomini enormi correvano per tutto il giardino. La luce della Luna illuminava le loro armi. Uno di loro aprì la porta del laboratorio con un calcio, il colpo così forte da staccarla dai cardini. Lo sentii ringhiare, scattando all'interno, e quando scomparve dai miei occhi, alle mie orecchie arrivarono le urla delle suore che, la sera, restavano fino a tardi lì dentro a lavorare. Altri guerrieri si fecero strada all'interno, grugnendo e ridendo come se stessero giocando.

Un'orfana prese a correre nel bel mezzo del giardino, scappando, e subito un'ombra le fu addosso, afferrandola. Le sue gambe pallide presero a scalciare da sotto la gonna, e il guerriero la spinse oltre la sua spalla, scappando verso la foresta.

«Sage!» urlò il frate dalle cucine, e la luce della stanza illuminò il corridoio, cadendomi addosso. Diversi occhi dorati si girarono verso di me. Gli aggressori si erano accorti della mia presenza.

Presi a respirare a fatica, spingendomi contro la colonna dietro di me, impietrita.

Una forma scura mi si parò davanti a pochi metri. Io cacciai un urlo.

Il guerriero ringhiò, scattando verso di me.

«No!» Un uomo gigante atterrò esattamente di fronte a me, bloccando il mio aggressore. «Stai lontano. Trovatene un'altra. Questa è mia.»

Il primo guerriero si fece strada oltre me, verso il dormitorio. Il secondo, invece, si girò a guardarmi, la luce delle cucine ad illuminargli il viso barbuto. Qualcosa in lui mi fece pensare di averlo già visto da qualche parte.

«Va tutto bene» mi disse, la sua voce un rombo profondo. Lo riconobbi, allora: era il guerriero che avevo visto dentro la foresta.

Mi girai, pronta a scappare, e mi ritrovai di fronte un enorme lupo.

L'urlo mi morì in gola. Mi spinsi ancora più forte contro la colonna, mettendo quanta più distanza possibile potessi tra me e i miei due aggressori, uno umano, l'altro animale.

«Piano, piccolina. Non farti male» mi disse il guerriero, allungando la mano verso di me. «Fai un passo indietro, Rolf» disse poi al lupo. «Lasciala scappare. Non sarà difficile da riprendere.»

Quando il lupo mi fece spazio, io corsi via da loro. Il guerriero prese ad inseguirmi fino alle cucine. Io chiusi immediatamente la porta una volta dentro, ma questa si aprì di nuovo.

Laurel era nascosta in un angolo, ma il frate sembrava essere sparito—probabilmente era andato a nascondersi via dagli aggressori.

Ma chi erano questi guerrieri? E cosa potevano mai

volere, per attaccare un'abbazia completamente indifesa e priva di valore?

Altre urla di terrore mi arrivarono alle orecchie dal dormitorio.

Io mi fermai al centro della stanza. Sia il guerriero che il lupo erano alla porta. L'uomo dovette abbassare la testa, per poter entrare. Si muoveva con una certa grazia, per essere un uomo così grande.

«Per favore» farfugliai, impaurita. «Per favore, non fateci del male.»

Lui si fermò all'interno, raddrizzandosi. La mia testa arrivava a malapena al suo petto. Di fronte a lui sarei potuta sembrare nient'altro che una bambina, impaurita di fronte un genitore arrabbiato. Però avrei pur dovuto fare qualcosa.

«Nessuno di noi vuole farvi del male» mi disse lui, e sembrava divertito.

«Per favore, lasciatele in pace» sussurrai, la mia testa inclinata verso l'alto per guardarlo. Gli occhi del guerriero catturavano la luce del fuoco che ancora scoppiettava nel camino, scintillando. Il lupo era fermo dietro di lui, ma sembrava mantenere le distanze. I suoi occhi erano uguali a quelli del guerriero.

«Cosa volete da noi?» gli chiesi. Laurel era completamente pietrificata, in silenzio, nel suo angolo. Se fossi riuscita ad attirare entrambi il guerriero e il lupo verso di me, forse sarei riuscita a farla scappare.

Il guerriero inclinò la testa di lato. «Io e Rolf non vogliamo nessuna delle altre. Soltanto te.»

Il mio cuore si fermò di colpo. Dovetti deglutire diverse volte, prima di riuscire a trovare la forza di parlare. «Se lasciate in pace le altre, verrò con voi.»

Per un po', lui e il lupo sembrarono semplicemente guardarmi. «Qual è il tuo nome?» chiese poi.

Io sbattei le palpebre, confusa. «Sage» gli dissi.

«Sage» ripeté lui, come se lo stesse testando tra le sue labbra. «Verrai con noi, sì, questo è certo» disse, avvicinandosi a me.

# THORBJORN

*R*iuscivo a sentire la puzza del frate, quell'odore sudaticcio e schifoso mischiato alla carne. Rolf ed io saremmo già andati a prenderlo, se non fosse stato per la piccola ragazza che ci tagliava la strada.

Tremava, ferma lì di fronte a noi, i pugni stretti lungo i fianchi, la sua voce a malapena un sussurro. Il suo odore mi ricordava il miele. Avrei voluto così tanto poterla toccare…

Rolf abbaiò, e in quel momento un movimento improvviso vicino il camino mi fece girare. Riuscii a malapena a scansarmi in fretta abbastanza da evitare la pentola pesante che si sarebbe di certo scontrata con il mio braccio, altrimenti.

«Lasciatela stare!» disse una ragazza dai capelli scuri vicino l'angolo, pronta a tirare un'altra pentola. Io ridacchiai.

Sage prese ad allontanarsi, e la mia attenzione tornò subito verso di lei. Non ebbi neanche il tempo di fare un passo avanti prima di vederla scomparire verso una porta.

L'altra pentola prese il volo, stavolta diretta verso la mia testa; l'unico motivo per cui non la raggiunse fu il Berserker che entrò di scatto dentro le cucine, che la prese tra le mani e la gettò a terra.

«Ci penso io, a lei.» Un guerriero di nome Haakon si fece avanti oltre me, diretto verso la ragazza dai capelli scuri, il suo guerriero fratello Ulf a fianco. Insieme, accerchiarono la piccola guerriera, e lei prese ad urlare e a tirare altre pentole per aria.

Ulf ed Haakon ringhiarono.

*La ragazza dal bell'odore sta scappando*, mi disse Rolf attraverso il legame. Grugnendo, mi abbassai per passare verso la porta da dove l'avevo vista scomparire. Quelle porte erano chiaramente state costruite per uomini alti quanto uno scarafaggio. Il lupo al mio fianco, invece, non aveva alcun problema a passare oltre. Camminai al suo fianco lungo un corridoio buio. Di fronte a noi apparve un guizzo biondo—come un lampo di luce in un posto buio e ammuffito. Sage scappò dietro l'angolo, e noi aumentammo il passo.

*La bestia vuole lei*, mi disse Rolf. Io riuscivo a sentire la stessa sensazione impaziente dentro di me, la solita fame scura e impazzita della bestia improvvisamente acquietata dall'odore di quella ragazza.

*È lei la nostra compagna.* Lo avevo capito subito, e non avevo alcun dubbio a riguardo. *E la reclameremo come nostra. Ma, prima, dobbiamo trovarla.*

*Qui.* Il lupo trovò la fine della scia del suo odore, ed entrambi improvvisamente riuscimmo a sentire sia lei che la puzza del frate che fuoriuscivano da sotto un'enorme porta di legno di quercia. Il frate aveva chiaramente provato a scappare via da noi, a tenerci fuori... ma niente di ciò che poteva fare avrebbe mai potuto fermare la forza di un Berserker.

Un pugno da parte mia fece spezzare il legno.

Dei rumori continuavano ad arrivare alle nostre orecchie

dalle cucine, altre pentole che si infrangevano sul pavimento. Sentimmo uno dei guerrieri imprecare, l'altro ridere.

Rolf alzò il muso verso di me. *Ulf e Haakon hanno trovato una piccola guerriera.*

*Io preferisco che la nostra compagna sia dolce,* gli dissi. *Come il miele.*

*Mmm,* gemette lui, la lingua di fuori, contento. *Allora entriamo dentro. Sconfiggiamo l'uomo, e prendiamoci la nostra donna.*

# SAGE

*C*orsi lungo il corridoio, girando l'angolo subito dopo. Il rumore dei passi del guerriero e del lupo dietro di me mi fecero accapponare la pelle. Sembrava come fossero a caccia, alla ricerca della loro preda.

E la preda ero io.

Più avanti, vidi un fascio di luce provenire dall'ufficio del frate, e il rumore del fuoco prendere vita. Per quando raggiunsi la porta, però, il suono era andato via. Una nuvola di fumo dall'odore acre riempiva la stanza, ed io mi ritrovai a tossire.

«Chiudi la porta» sibilò il frate da dietro il tavolo sopra il quale era piegato, una pila di cenere su di esso. Io mi girai e chiusi la porta, girando la chiave.

«Che cosa sta succedendo?» chiesi, restando incollata alla porta. Il lupo e il guerriero ci avrebbero trovati; era solo questione di tempo. Per qualche ragione, però, mi ritrovavo a provare più paura verso il frate che i due inseguitori alle mie calcagna.

«Il nemico è qui, ragazza. Dobbiamo inginocchiarci e pregare per la salvezza.»

Io non mi inginocchiai, ma neanche lui lo fece. Ne avevo fatte, di preghiere, nella mia vita, ma nessuna di esse aveva mai portato a qualcosa.

«Perché sono qui?» chiesi.

Il frate si limitò a fissare la pila di cenere sul tavolo. Sotto di essa c'era qualcosa di bianco e liscio. Un osso.

«Che sta succedendo?» continuai, sentendo la paura prendermi completamente. La vita che fino a quel momento avevamo conosciuto era andata in frantumi. Però, per qualche motivo, questa realizzazione mi fece sentire meglio. Mi fece sentire più coraggiosa. «Dov'è Sari? Dov'è Hazel?»

«Morte» disse lui, il viso contorto da un'espressione maligna. «Morte e scomparse. E adesso il nemico è venuto anche per te, cattiva, cattiva ragazza. Hai portato il malocchio su tutti noi. Tu e la tua razza.»

«La mia razza?»

«Puttane» derise lui, con odio. «Puttane, tutte voi.»

Un mormorio fuori dalla porta mi fece allontanare da essa, più in fondo dentro la stanza.

«Sono qui» sussurrai.

La pesante porta di legno tremò. Un altro colpo, e si aprì completamente. Il frate si acquattò dietro la sua scrivania, lasciandomi completamente sola di fronte ai guerrieri.

# THORBJORN

*L*a porta si ruppe con un rumore estremamente soddisfacente.

All'interno della stanza, qualche candela illuminava l'abitacolo insieme ad un piccolo fuoco acceso dentro il camino. Ma nessuna di quelle cose era la causa di quell'odore nauseante che sentivo, acre, duro—contaminato.

Accanto a me, Rolf tossì, scuotendo il muso come se cercasse di scacciare via qualcosa. Era magia nera, quella che sentivamo entrambi.

La piccola ragazza era in piedi in mezzo alla stanza, gli occhi spalancati. Il mio corpo si rilassò immediatamente quando la vidi.

*Il frate si sta nascondendo dietro il tavolo. Riesco a sentirlo*, mi disse Rolf.

Ma la mia attenzione era tutta su Sage. Era ferma tra me e il mio nemico. Tremante, quasi sul punto di svenire, eppure con gli occhi fissi su di me. In circostanze diverse, con persone diverse, la Bestia dentro di me avrebbe fiutato quella sua paura e avrebbe attaccato. Invece, quella stessa Bestia prese a farsi cullare dall'odore mielato di lei, buono quanto il

36

vino, e ne richiedeva ancora. Avevo come la sensazione che, se avessi avuto la possibilità di stare con Sage anche solo per un'ora, la mia Bestia si sarebbe ritrovata alla fine completamente sconfitta, coricata per terra come fosse ubriaca di lei, del suo odore.

*Thornjorn? Ti senti bene?*

*Non ho mai provato niente di simile, prima d'ora.*

«Chi siete?» chiese Sage, il cuore a batterle in gola.

«Nessuno di cui dovresti aver paura» le dissi, e allontanai le mie armi.

Il frate scattò fuori dal suo nascondiglio come un selvaggio, un coltello in mano. Spinse la piccolina dietro, contro il suo corpo, e poggiò la lama sulla sua gola.

Io scattai in avanti, ma i denti di Rolf strinsero il bordo dei miei pantaloni per fermarmi.

*No. La nostra priorità è assicurarci che lei stia bene. Non farti accecare dalla Bestia. Non possiamo perdere il controllo.*

«Il mio padrone sta arrivando» sibilò il frate. «Non vi permetterà di prendere le sue spose.»

*Il suo padrone deve essere il Re dei Morti,* disse Rolf, e sbuffò come se qualcuno gli avesse schizzato qualcosa addosso. *Deve essere sua questa magia nera e putrida che sento. Il frate deve aver fatto qualche incantesimo per chiamarlo.*

La mia vista si fece improvvisamente rossa di rabbia.

*Calmo,* mi riprese Rolf. *Se perdiamo il controllo qui dentro, in questa stanza, la nostra donna potrebbe non uscirne viva.*

«Non provare a toccarla» tirai fuori, come un ringhio basso. Se non fossi stato attento, la Bestia avrebbe preso il sopravvento e mi avrebbe fatto trasformare in qualcosa a metà tra un uomo e un mostro.

Vidi il mio riflesso dentro gli occhi della donna. La stavo spaventando.

Il pensiero fece arrabbiare ancora di più la Bestia dentro di me.

*Sh, piano. Mantieni il controllo.* La voce di Rolf invase la mia mente, riportandomi a galla.

La mia Bestia si fece da parte.

«È finita» dissi al frate. «Stiamo prendendo tutte le donne. Saranno al sicuro, con noi.»

La piccolina si mosse contro il corpo del frate, provando a liberarsi, gli occhi fissi nei miei. Perse il respiro quando la lama si strinse più forte contro la sua gola.

«Mantieni la calma, piccolina» le dissi allora. «Non gli permetterò di farti del male.»

«Se ti avvicini anche solo di un passo, la uccido» disse l'uomo. La ragazza si lasciò andare ad un singhiozzo, stringendo il suo braccio, e la lama graffiò la sua pelle.

«Abbassa l'arma, e potremmo decidere di risparmiarti» gli dissi, aggiungendo un pizzico di potere e autorità nella mia voce. Gli umani rispondevano alle dimostrazioni di dominanza bene quanto i lupi. L'unica differenza era che loro non se ne rendevano conto.

Il frate abbassò il coltello lentamente, prima di rendersi conto di ciò che stava facendo. Con un ringhio, lo riportò esattamente dov'era.

Quando vidi Sage alzare la gamba per dargli un calcio in mezzo alle gambe, io scattai in avanti. Il coltello fece un movimento perfetto verso il suo collo, e sarebbe riuscito a fare ciò per cui era stato preso se solo io non avessi raggiunto il frate in tempo, afferrando il suo polso e facendo cadere il coltello per terra. Le ossa del suo braccio si ruppero immediatamente.

La piccolina scappò via piangendo. Io esitai, la mano ancora sul polso dell'uomo, il bisogno di andare a prenderla ad offuscarmi i sensi.

*La prendo io,* mi fisse Rolf, scattando verso il corridoio, ed io aspettai.

Una folata di vento soprannaturale mi fece capire che

Rolf era tornato nella sua forma umana, e quando tornò nella stanza, la donna spaventata era tra le sue braccia. Rolf strinse Sage contro di lui, la sua schiena contro il suo petto, e disse con voce bassa e profonda, a malapena umana, «Sh. Non ti faremo del male. Te lo prometto.»

Lei pianse silenziosamente.

«Hai provato a farle del male» ringhiai all'uomo di fronte a me. Era così grosso e pesante, e la nostra donna così piccola e fragile, quasi una bambina al confronto. Avrebbe potuto farle del male.

Ucciderlo sarebbe stato a malapena sufficiente per saziare la mia rabbia.

*Thorbjorn,* mi riprese Rolf, facendomi ritrovare il controllo.

«Che cosa hai fatto?» Spinsi l'uomo verso il tavolo, dove una pila di cenere e ossa era ammucchiata al centro. Non potei fare a meno di tossire contro l'odore malvagio. «Questo è un incantesimo.»

«Sì.» Il frate puzzava di paura e di alcol. Il suo braccio rotto cadeva in modo strano lungo il suo fianco. «Presto, il mio padrone sarà qui. Se mi uccidi adesso, lui non farà altro che vendicarmi. Se mi lasci andare, invece, sarà clemente con voi.»

*È l'incantesimo che sentivo,* disse Rolf. *Un richiamo, per il padrone del frate. Ha allertato il Re dei Morti del nostro attacco.*

Io ridacchiai, divertito. «Al tuo padrone non importa che tu viva o muoia. La tua morte non farà altro che fargli guadagnare un nuovo corpo da risvegliare come suo servo. La sua magia è così forte che anche i morti riescono a risvegliarsi.»

La paura che mi arrivò dal frate mi confermò che avevo ragione.

«Ti legheremo, così che potrà trovarti qui al suo arrivo» gli dissi.

«Portatemi con voi» rispose invece lui, leccandosi le

labbra. «Posso rendermi utile. Sarò il vostro schiavo, invece del suo. Potete avere anche le donne.»

La rabbia mi accecò la vista per qualche secondo. «Noi prenderemo le donne in qualsiasi caso, non abbiamo bisogno delle tue parole né del tuo permesso, per farlo.» Feci un gesto verso Rolf. *Portala via. Non voglio che veda quello che sto per fare.*

Rolf cambiò posizione, e la donna gemette di dolore. Il suo pianto fece arrabbiare la mia Bestia, ed io dovetti trovare tutta la forza dentro di me per tenerla a bada.

«Smettila!» scattai verso il mio guerriero fratello. «Devi essere gentile. Non farle del male.»

*Non sono io che gli ho fatto del male.* Rolf alzò le maniche del vestito della ragazza. Lividi coprivano la sua pelle interamente, chiazze blu e viola mischiate a quelle gialle e verdi di altri già passati.

«Chi ti ha procurato questi lividi?» quasi urlai a lei.

*Fai piano, Thorbjorn. La stai spaventando.*

«Chi ti ha messo le mani addosso, Sage?» le chiesi allora un'altra volta, la voce più soffice.

Le sue labbra si strinsero, come a prevenire la risposta, ma i suoi occhi scattarono immediatamente sul frate. Non avevo bisogno di altro.

Mi girai verso di lui, trovandolo intento ad indietreggiare verso l'angolo.

«Sei un uomo morto.»

«No!» pianse lui. «No, ti prego!»

«No» mi arrivò da dietro, una voce dolce e soffice. Sage si allontanò da Rolf, che la lasciò restare in piedi da sola, ma le sue braccia restarono delicatamente piegate intorno alla sua vita.

«Per favore… non ucciderlo» mi pregò piano.

«Ti ha fatto del male.»

Quel deficiente aveva lasciato dei lividi su di lei—*sulla mia compagna*—sulle sue piccole braccia. Si meritava tutto ciò che gli avrei fatto. Mi passai una mano sul viso, forzando me stesso a mantenere la calma. Le mani mi tremavano; la mia Bestia reclamava giustizia.

«Non è un uomo cattivo» disse lei. «Non intenzionalmente.»

«Sì, grazie, Sage. Non sono un uomo cattivo» mormorò il frate.

«Stai zitto!» gli ordinai.

«È solo che lui non conosce nient'altro» continuò Sage piano, le lacrime a bagnare le sue guance. Gli avrei spezzato ogni singolo osso per quello che le aveva fatto. Uno ad uno.

«Ti ha messo le mani addosso. Ha minacciato di ucciderti» le dissi allora. «Nessun uomo minaccia una sposa Berserker e resta vivo a lungo da poterlo raccontare.»

La sua espressione si svuotò di colpo.

«La tua misericordia gli garantirà quantomeno una morte pulita» aggiunsi.

«No, per favore!» urlò il frate. «Pietà!»

Io lo ignorai, continuando a parlare invece con Sage. «Per quanto tempo ti ha messo le mani addosso? Hai invitato il suo tocco su di te?»

Lei si tese immediatamente, come un coniglio una volta visto il suo predatore.

*Fai attenzione a quello che dici, Thorbjorn*, mi disse Rolf. Strinse la piccola più vicino al suo petto, ma lei sembrò non accorgersene neanche. *La sua mente è completamente oscurata dalla paura. Potrebbe non capire cosa esattamente stai chiedendo.*

«Volevi che lui ti toccasse?»

Lei abbassò il viso. «No» sussurrò.

«Sarà lei a scegliere» dissi allora al frate, tremando di rabbia. «Sarà lei a scegliere come morirai.»

«No!» sputò Rolf, forzando le parole fuori. Era ancora troppo difficile parlare chiaramente, così presto dopo la

Trasformazione. «Non farla scegliere. Ha sofferto abbastanza, Thorbjorn.» *La morte non è il regalo che dovremmo dare alla nostra compagna.*

*Portala fuori, in corridoio,* gli dissi.

Una volta spariti dalla mia vista, io alzai la testa al soffitto e mi lasciai andare ad un ringhio rabbioso.

*Thorbjorn?* Un altro Berserker mi chiamò dal legame. Brokk. *Sei con il frate?*

*Sì. Ha messo le mani addosso alle nostre ragazze. Ha fatto loro del male. Sto per ucciderlo.*

Mi avvicinai a lui, coprendolo con il mio corpo. La puzza della sua paura si mischiò a quella distinta di residui umani. Si era pisciato addosso.

«Dimmi la verità» ringhiai. «Tu lo sapevi che lei non voleva essere toccata da te. Non è così?»

Con un urlo debole, lui scattò verso di me. Io mi feci da parte, afferrando la sua testa quando mi fu affianco e spezzandogli il collo.

Una morte pulita.

Di certo più di quanto si meritasse di tutto principio.

Gli gettai addosso solo un ultimo sguardo, prima di uscire fuori dalla stanza.

L'urlo di Brokk arrivò dentro ognuna delle nostre menti proprio in quel momento. *Il Re dei Morti! Sta arrivando!*

«Ci siamo fermati per troppo tempo» dissi subito a Rolf. «Scappa!»

# ROLF

*L*'abbazia era piena di urla, ma la donna tra le mie braccia restò in silenzio mentre io la spingevo con delicatezza in avanti. Era una piccola coraggiosa. La Bestia aveva fatto un'ottima scelta.

«Dobbiamo andare» le dissi io. «Sta arrivando qualcuno di terribilmente malvagio, che non si fermerà davanti a niente per poterti prendere.» La mia voce uscì fuori raschiata, troppo poco abituata ad essere usata.

Thorbjorn correva dietro di noi, i suoi occhi accesi dalla luce dorata della Bestia pronta alla caccia.

Gli avrei fatto abbracciare la nostra donna, ma un attimo solo passato nella sua mente mi fece capire che era ancora troppo preso dalla rabbia per potersi dire completamente sotto controllo. Ci sarebbe stato tempo a sufficienza per lui stringerla e godersela. Se fossimo usciti da qui sani e salvi.

«Da questa parte» ringhiò lui, scalciando una porta. Io presi Sage in braccio e cominciai a correre.

*Come fai a conoscere questa strada?* gli chiesi, seguendolo lungo un corridoio completamente buio.

*Knut ha chiesto alla sua compagna Hazel quali strade utili*

43

*potevamo utilizzare dentro l'abbazia. Lei è cresciuta qui, insieme a tutte le altre.*

Girammo l'angolo, arrivando dentro la sala principale.

Thorbjorn imprecò, inciampando contro una grande statua. Cadde a terra con un tonfo tremendo.

*C'è dell'oro, qui.* Lo vidi brillare sull'altare di fronte a noi, in fondo alla stanza. *Un bel po', anche.*

*Tutto l'oro che voglio è tra le tue braccia.* Thorbjorn fece un cenno con la testa verso la ragazza con il viso piegato sul mio petto. La sua voce dentro la mia testa suonava calma, ma sapevo bene che la violenza della sua Bestia aspettava solo un minimo tocco per potersi liberare. Io strinsi quel piccolo fagotto dall'odore meraviglioso più forte contro il mio petto, e insieme a Thorbjorn scattai verso la porta e poi fuori, nel giardino.

Un vento freddo si alzò lungo il sentiero.

«Il Re dei Morti. È arrivato già» mormorò lui. «Ho detto al resto del branco di separarsi. Dobbiamo tenere le ragazze al sicuro.»

*Allora scappiamo dentro la foresta. Anche se non sarà facile con tutti gli alberi, con lei tra le mie braccia.*

«Allora andiamo in strada» disse Thorbjorn. «Verso il villaggio. Manteniamo questo sentiero fino all'alba, e poi ci mettiamo al riparo.»

I nostri piedi presero a battere contro l'asfalto, veloci quasi quanto il battito del cuore di Sage. Si strinse contro di me, così silenziosa che mi ritrovai ad aver paura di sentirla smettere di respirare in qualsiasi secondo.

«Siamo quasi arrivati, piccolina, te lo prometto» le sussurrai. «Te lo prometto. Sei quasi al sicuro.»

Mi permisi di inalare l'odore dei suoi capelli. Calmava la Bestia, proprio come aveva detto Thorbjorn.

*Sta bene?* mi chiese Thorbjorn, sembrando più sotto controllo, più lui, finalmente. *Così piccola e silenziosa.*

*È sotto shock.*

Vidi linee di stress contorcergli i lineamenti del viso. *Dobbiamo portarla quanto più lontano possibile possiamo da questo brutto posto. Imparerà poi a capire che con noi è al sicuro.*

*Sì. Lo farà,* concordai. Affrettai poi il passo, facendo attenzione allo stesso tempo a non sballottolare troppo il mio prezioso tesoro ancora stretto tra le mie braccia. Thorbjorn correva più veloce davanti a noi, l'ascia in mano, pronto per qualsiasi attacco imprevisto.

*Hai paura che ci attacchino gli abitanti del villaggio?*

*Chi può mai saperlo,* disse, ma vidi le sue labbra curvarsi leggermente alla mia battuta. *Meglio essere preparati per qualsiasi cosa abbia deciso di orchestrare il Re dei Morti. Non sono certo che lascerà andare le "sue" spose così facilmente.*

La donna si mosse tra le mie braccia. «Cosa stiamo facendo? Dove mi state portando?»

«In un posto sicuro, piccolina. Ci sono forze malvagie qui, che ci seguono.»

«Aspetta, fermati.» Thorbjorn si fermò a sua volta, alzando la testa per sniffare l'aria. «Lo senti anche tu?

*Sangue,* dissi io, facendo lo stesso. *Sangue... e morte.*

*Prendila.* Rolf si avvicinò a me con la ragazza tra le braccia. Quando io esitai a prenderla, lui la spinse verso di me con impazienza. *Sono più bravo io con le tracce. Vedrò che cosa è successo senza richiamare verso di me nessun nemico. Dobbiamo capire che cosa sta facendo il Re dei Morti.*

*No, quello che dobbiamo fare è scappare.* Non ero mai stato un tipo codardo, ma il mio istinto in quel momento mi urlava di assicurarmi soltanto di portare la mia compagna al sicuro. Di tenerla sana e salva, costi quel che costi.

*Non possiamo sapere verso dove scappare, se non capiamo dove risiede il pericolo.*

*Sono io il pericolo, in questo momento!* protestai. Le punte delle mie dita presero a formicolare, pronte alla Trasformazione. Se la rabbia dentro di me avesse preso il sopravvento, sarei diventato un mostro, completo di pelo nero e artigli enormi. La mia vista si sarebbe fatta completamente rossa, la mia mente completamente vuota. L'ultima volta che era successo, mi ero risvegliato in un bagno di sangue causato da *me.* Tutti attorno a me erano morti.

Non avrei mai rifiutato il regalo donatomi dalla Dea stessa, ma la verità era che io non meritavo quella ragazza. Perché sarei stato in grado di proteggerla da qualsiasi nemico, ma il pericolo più grande ero io stesso, e da quello non avrei potuto salvarla neanche volendo.

*Non posso tenerla io, Rolf. Potrei perdere il controllo.*

*Proprio perché potresti perdere il controllo dovresti averla al tuo fianco. L'hai detto tu stesso: lei calma la tua Bestia.*

Mi lasciò tra le braccia la piccola ragazza prima che potessi rispondere ancora. Poi si scrollò, e in un attimo divenne un lupo.

*Mettiti al riparo, e resta lì. Io torno subito.*

Stringendo la donna contro il mio petto, mi acquattai dietro un'enorme roccia al lato della strada.

Poi cercai di entrare in contatto con i guerrieri attraverso il legame del branco. *Dove siete?*

Le loro voci mi arrivarono deboli e frammentate attraverso il legame. *Il Re dei Morti ci ha raggiunti... siamo in fuga...*

Digrignando i denti, mi feci strada verso il legame con gli Alpha.

*Thorbjorn?* rispose dopo poco Daegan, il secondo in comando, la sua voce a scivolare nella mia mente come una cura. Mi sentii pervadere immediatamente dalla forza. gli Alpha erano in grado di condividere la loro potenza con il resto del branco, oppure prendere la nostra nei momenti di bisogno. Potevano comunicare con tutti noi utilizzando il legame del branco, e fu quello il motivo per cui decidemmo tutti quanti di comune accordo che sarebbe stato meglio per loro restare al sicuro nella nostra casa sulle montagne, con le loro famiglie, piuttosto che con noi nel pericolo.

E poi, avevano già le loro compagne. Noi, invece, eravamo impazienti di trovare le nostre.

*Qualcosa è andato storto,* dissi a Daegan. *Il frate che teneva rinchiuse le orfane ha fatto un incantesimo per allentare il Re dei*

*Morti. Temo che proverà a fermarci dal prendere le nostre compagne e metterle in salvo.*

*Ho capito. Allontanatevi immediatamente dall'abbazia, e state lontani dalle strade principali. Dirò agli altri di mettersi al riparo.* La sua voce tremò, e una forza possente fece tremare il legame. Un vento freddo si spinse verso di me proprio in quel momento, come una mano invisibile. C'era soltanto una creatura di cui eravamo a conoscenza che potesse essere in grado di infiltrarsi attraverso il nostro legame.

Il Re dei Morti.

Tremai, il filo del legame improvvisamente pieno di dolore. Se l'attacco provenisse dal mio lato o da quello di Daegan, non lo sapevo, ma aveva poca importanza. Con la testa che martellava, non riuscivo più a collegarmi con lui. Riuscii soltanto a dirgli, *Chiaro*, prima che la connessione si staccasse del tutto, come recisa da un potente incantesimo.

Strinsi più forte la donna tra le mie braccia.

*Rolf*, dissi, stringendo gli occhi, ma il legame con il mio fratello guerriero era ancora forte, confortevole e conosciuto dopo decenni e decenni di utilizzo.

*Ho sentito*, mi rispose subito lui. *Sono quasi al villaggio, ma c'è qualcosa di tremendamente sbagliato, qui. Non portare la nostra donna verso di qui.*

Con un sospiro, restai fermo ad aspettare. La donna prese presto a fare piccoli rumori di protesta.

«Sh, piccolina» le sussurrai, e le sue proteste vennero meno. Io la strinsi più forte a me. Quanto tempo era passato, da quando avevo avuto la possibilità di tenere una donna stretta tra le mie braccia? Più di quanto potessi ricordare. Era così soffice e calda, il suo odore così dolce. Neanche in cento anni avrei mai creduto possibile di potermi ritrovare un giorno a stringere qualcuno come lei tra le mie braccia.

«Perché state facendo tutto questo?» mi chiese, gli occhi bassi e la voce tremante.

Sage. Aveva detto di chiamarsi Sage. Come un'erba. E odorava di giardino, di fiori, e di miele.

Sotto quella sua veste leggera, i suoi capezzoli erano stati inturgiditi dal freddo. Sarebbe stato così facile, liberarla di quella stoffa e scoprire tutti i suoi segreti.

«Appartieni a noi, adesso» le dissi, accarezzando le sue braccia per scacciare via i brividi. Lei mi lasciò fare, abbassando la testa. Non volevo fare altro che stringerla ancora di più contro il mio corpo, respirarla fino a quando il suo odore non diventava il mio, dirle che era al sicuro, adesso e per il resto della sua vita.

«Io non… non capisco» mormorò poi.

Alzai il suo viso verso di me. Per la Luna… non riuscivo a resisterle. Eravamo nel bel mezzo del pericolo, intenti a scappare, eppure l'unica cosa che volevo fare, guardandola negli occhi, era prendere le sue labbra e farle mie, poggiarla per terra e darle piacere. Era un misto di innocenza e determinazione. Era rimasta calma di fronte al pericolo, nonostante la paura.

Non c'erano poi così tanti uomini che sarebbero stati in grado di dire lo stesso.

«Ti prometto che non c'è niente di cui aver paura, Sage» dissi, testando il suo nome ancora una volta tra le mie labbra, e quando lei alzò di nuovo il viso per guardarmi io sentii la Bestia dentro di me ruggire di trionfo. Era intenta a correre dentro di me, affamata di attenzione da parte sua, di qualsiasi tipo di riconoscimento nei suoi confronti.

«Per favore… lasciami andare» pianse lei.

Io la strinsi più forte, lasciando che il suo odore mi avviluppasse come fosse un mantello. «Questo non posso farlo, tesoro» le sussurrai, e la sentii farsi rigida. «C'è qualcuno di tremendamente malvagio che ti sta dando la caccia, ed io ho promesso di venire a salvarti. Così come è stata salvata la tua amica Hazel.»

Le si mozzò il respiro. «Hazel?»

«Sì. La tua amica.»

«Hazel è… viva?»

«È viva e al sicuro, e sta bene. È stata salvata dal suo compagno, Knut. Un grande guerriero.»

«Com'è possibile?» sussurrò lei.

Le poggiai un dito sulle labbra. «Ti spiegherò tutto, piccolina. Te lo prometto. Ma non qui, non adesso.»

Lei prese a tremare sotto il mio tocco. Io poggiai una mano sul suo viso, spingendolo con delicatezza sul mio petto, per stringerla e farle da scudo allo stesso tempo.

La nebbia si fece fitta sul sentiero. Prese a muoversi, come stesse prendendo vita, scivolando sulla strada come per raggiungerci.

*Sbrigati, Rolf. Il tempo sta cambiando.*

*Non è il tempo. È il Re dei Morti. Dobbiamo andarcene via da questo posto, e in fretta.*

Il vento si sollevò di nuovo, portando con sé una puzza di marcio. La puzza dei servi non-morti del Re dei Morti. Doveva aver mandato i Draugr ad inseguire le sue spose.

*Thorbjorn, scappa! Si stanno dirigendo verso la strada! I Draugr, gli Uomini Grigi! Riesco a sentirli.*

Io mi alzai in piedi, stringendo Sage tra le mie braccia e correndo verso la foresta. *Nessuno la porterà via da noi. Nessuno.*

*Dovremmo combatterli?*

*No. Se cominciamo a combattere, lei potrebbe non uscirne viva. Dobbiamo mantenere il nostro controllo e tenerla lontana dagli Uomini Grigi. È la nostra priorità. Quello che dobbiamo fare, adesso, è nasconderci.* Corsi più in fondo dentro la foresta.

*È successo qualcosa, in quel villaggio. Odora di sangue, e di morte.*

*Vai via da lì, Rolf.*

La sua risposta mi giunse molto bassa. *Resterò qui a combattere... tu devi scappare con la nostra compagna.*

Io allentai il passo, scalciando una roccia via dal nostro cammino. *Rolf. Devi venire qui con me, adesso. Non me ne vado, senza di te.*

*La rabbia sta prendendo il sopravvento, Thorbjorn,* mi disse Rolf, e la sua voce mi arrivò piena della forza della Trasformazione. *Ricorda il nostro patto. E tienila al sicuro.*

Imprecando, corsi attraverso la foresta, piegato su Sage per farle da scudo contro i rami più bassi. Acqua. Avevo bisogno di trovare dell'acqua. Gli Uomini Grigi non avrebbero oltrepassato un fiume. L'acqua corrente eliminava ogni traccia della magia che li riportava in vita.

Il mio collegamento con Rolf si fece più debole, ma io non smisi di provare a raggiungerlo. *Scappa con noi, stupido idiota, o ti giuro che pagherò uno scaldo per cantare una canzone sulla tua codardia lungo tutta questa diavolo di isola!*

*D'accordo, arrivo...*

Con un ringhio soddisfatto, mi allontanai dagli alberi. Davanti a noi la luce della Luna illuminava il fiume d'acqua corrente proprio di fronte a noi. La nebbia continuava a seguirci, ed io mi abbassai verso la gola che portava al fiume.

La donna fece un sussulto e strinse le braccia intorno al mio collo. Quando raggiunsi il banco, un pezzo di sabbia nel bel mezzo dell'acqua corrente, lei sembrò riprendere vita.

«Aiuto!» urlò allora, e la sua voce si espanse lungo tutto il fiume. Il suo corpo si fece rigido tra le mie braccia, mentre si metteva dritta in piedi.

Una linea di uomini apparve sulla gola, intenta a camminare verso il lago che avevamo appena attraversato. I servitori del Re dei Morti.

«Zitta» ringhiai. «Loro sono il tuo nemico. Non sono qui per salvarti.»

Lei non fece altro che urlare più forte, muovendo le

braccia per attirare la loro attenzione. Io la presi di nuovo in braccio e la portai verso la fine del banco, più lontano potessi dagli Uomini Grigi. Eravamo nel bel mezzo del fiume, ma troppo esposti.

*Sbrigati,* pregai Rolf. *Stanno arrivando.*

La nebbia si gettò sulla gola, seguita da Uomini Grigi. Io imprecai. Questo era un nemico che non avrei potuto sconfiggere con la mia semplice ascia.

Un ruggito fece tremare l'aria, e il mio cuore rispose immediatamente al richiamo. I peli cominciarono a crescere sulle mie braccia, e le mie unghie presero ad allungarsi in artigli, in risposta.

Feci sedere Sage per terra, e lei scivolò via, soltanto per poi sussultare, «Cos'è quello?»

Rolf correva lungo la riva, nella sua forma da Bestia.

«Il mio guerriero fratello. Ed è venuto qui per proteggerti.» La mia stessa gola si stava richiudendo a causa della Trasformazione.

La mia vista andò via per un attimo, e quando tornò era completamente rossa. Ogni singola volta che chiudevo e riaprivo gli occhi, mi ritrovavo un passo più vicino alla battaglia. La Bestia stava prendendo il sopravvento.

Non sarei mai stato libero per sempre.

La donna apparve di fronte a me, il viso pallido contro la luce della Luna. Fece un passo indietro e vidi il bianco nei suoi occhi, l'orrore e la paura scritti nella sua espressione.

«Che cosa sei?»

Provai a raggiungerla, ma lei si fece indietro. «Sei un mostro» sussultò.

«Sì,» le dissi allora, «ma non devi avere paura. Sei al sicuro da tutti i tuoi nemici. Perché noi siamo i mostri più forti che potrai mai incontrare.»

## SAGE

*T*remante a causa dell'acqua fredda del fiume, restai ferma immobile mentre la creatura che pochi secondi prima era stata un uomo incombeva su di me.

«Resta...» ringhiò contro di me. «Al sicuro.» Le parole uscirono fuori da quelle sue labbra inumane. Il mostro si girò poi, dandomi le spalle, e corse via da dove eravamo venuti.

Sulla riva del fiume, un'altra creatura simile a lui combatteva con gli uomini in fila che si stavano avvicinando, ringhiando e graffiandoli con artigli lunghissimi. Fila dopo fila di guardie silenziose prese a cadere dentro il fiume.

Le mie urla mi morirono in gola quando presi a sentire le creature ringhiare e ruggire come bestie, combattendo con movimenti veloci, quasi come stessero danzando. I loro nemici sembravano gli stessi soldati che venivano spesso a visitare il frate in segreto. Hazel li aveva chiamati "guardie pallide", per quella loro pelle grigiastra e malaticcia.

Altre fila silenziose di uomini presero a marciare verso la riva, pronti ad attaccare le creature. Qualsiasi cosa facessero era inutile, ma loro continuavano ad avanzare, silenziosi e privi di espressione, muovendosi con rigidità come fossero pupazzi trainati da fili. La Luna illuminava i loro visi intenti a combattere. Erano finalmente venuti a salvarmi?

Io mi allungai sulle rocce vicino l'acqua, urlando e allungando le braccia per farmi vedere da loro, ma loro non vennero ad aiutarmi. Invece, restarono in attesa, con falci e coltelli da scuoiatura in mano, come se si fossero armati di qualsiasi cosa avessero trovato lungo il cammino. Erano contadini e pescatori, non guerrieri. I mostri dal pelo nero li avrebbero uccisi con un semplice colpo. Eppure, loro continuavano a marciare incuranti verso di loro.

Ma perché? Quei mostri erano possenti abbastanza da ucciderli con facilità. Perché gli uomini del villaggio sarebbero venuti a salvarmi? E perché marciavano in quel silenzio così cupo?

Cosa potevo fare, io, per salvare loro?

Alcuni ruppero le righe, venendo verso di me, trovando rocce lungo il fiume in cui poter camminare. Io mi allungai sulle dita dei piedi, urlando oltre l'acqua. «Dovete andare via!» dissi. «Lasciatemi con loro. Vi uccideranno, se venite!»

Ma loro continuavano ad avanzare e, più si facevano vicini, più la luce della Luna illuminava i loro visi, permettendomi di vederli meglio—la loro pelle sembrava squamosa e vecchia.

Improvvisamente, mi sentii morire le parole in gola. C'era qualcosa che non andava, in loro.

Uno di quegli uomini silenziosi cadde improvvisamente in acqua, ed io lo sentii sibilare, guardandolo muoversi come se qualcuno lo stesse torturando prima di farsi improvvisamente rigido. I suoi compagni marciarono proprio sopra di lui, passando sopra il suo corpo come fosse nient'altro che una pietra caduta lì per caso.

«Sage!» urlò uno dei due mostri. «Allontanati da loro!»

L'uomo più vicino alla riva saltò da una roccia all'altra, atterrando su quella più vicina a dove mi trovavo io. C'era qualcosa di tremendamente strano nel modo in cui si muoveva. Lo guardai dritto negli occhi, ma la luce che avrei dovuto trovarci sembrava essersi estinta tanto, tanto tempo fa. La sua carne pendeva da lui come se fosse morta.

E fu in quel momento che capii che lo era.

Il cadavere allungò le mani verso di me.

«Aiuto!» squittii, e poi provai più forte. «Aiuto!»

«Scappa!» ruggì uno dei mostri verso di me. L'altro si tuffò dentro l'acqua, nuotando con difficoltà verso di me, il suo corpo enorme nascosto dall'acqua.

Tirandomi indietro, presi un ramo e cominciai a brandirlo. Le mie mani scivolavano sul bastone bagnato. «Stai lontano» dissi al cadavere. Lui si muoveva a scatti, più veloce di quanto avrei potuto credere possibile, e poi scattò verso di me.

Un lampo nero alla mia sinistra spinse via il cadavere, facendolo volare tra le grinfie del secondo mostro. Curvati e bianchi, i suoi artigli tagliarono come fossero coltelli, e in poco tempo fecero a pezzi quello strano uomo pallido.

La sua testa rotolò ai miei piedi.

«Vieni!» disse uno dei due mostri, allungando quella sua zampa verso di me, qualcosa di viscido a colare da essa.

Io presi ad allontanarmi, ma il terreno sotto i miei piedi venne improvvisamente a mancare. I miei polmoni provarono a prendere tutta l'aria che potevano inglobare.

«Sage!» Uno dei due mostri prese a trasformarsi, tremando, e le sue fattezze si fecero nuovamente quasi umane. «Sage. Sei al sicuro con noi.»

«No» gracchiai, barcollando mentre la mia vista si andava appannando. Non potevo andare con quei mostri, e di certo non potevo andare con dei cadaveri. Volevo solo andare di nuovo verso l'abbazia, coricarmi e dormire per sempre.

Non ero al sicuro, qui, e forse non lo ero mai stata in tutta la mia vita, ma almeno fino a quel momento non c'erano stati mostri a circondarmi da una parte all'altra.

«Sta svenendo. Afferrala» ringhiò uno di loro al mio lato. Braccia forti si strinsero intorno al mio corpo. I miei piedi lasciarono il terreno. Quattro occhi ugualmente dorati mi seguirono fino a quando io non caddi dentro l'oscurità.

* * *

MI RISVEGLIAI DI SOPRASSALTO, aria fredda a scivolarmi sul viso, e mi chiesi se alla fine ero davvero finita per l'addormentarmi fuori in giardino come avevo programmato. Avevo fatto il sogno più strano di tutta la mia vita...

Il calore mi avvolse immediatamente—una pelliccia spessa sotto la mia guancia. Sarei rimasta coricata lì per sempre, a farmi cullare verso il sonno da quel calore meraviglioso.

Quel cuscino, però, prese ad alzarsi ed abbassarsi.

Respirava.

Io mi alzai, e mi ritrovai faccia a faccia con gli occhi di un lupo.

Scivolai immediatamente indietro, un urlo pronto alla base della mia gola.

«No, bambina» disse una voce profonda. «Va tutto bene.» Il guerriero barbuto si inginocchiò vicino a me, una mano allungata come per calmarmi.

Il lupo si alzò sulle zampe, ed io mi feci di ghiaccio.

«Dove sono?» gracchiai. «Cos'è successo?»

Il guerriero si curvò nuovamente verso la pila di rami di fronte a lui, una pietra focaia in mano. «Siamo all'interno di una grotta su una collina. L'abbiamo trovata seguendo il fiume. Agli Uomini Grigi non piace l'acqua.» Poi accese il fuoco, dandomi il tempo di assorbire le sue parole.

L'abbazia, l'attacco dei guerrieri. La corsa all'interno della foresta, quella nebbia che si avvicinava, scivolando sul sentiero. Uomini pallidi e secchi che attaccavano forme mostruose sulla riva di un fiume.

Non era stato un sogno.

Mi curvai su me stessa, stringendo le braccia intorno alle mie gambe piegate.

Il lupo continuava a guardarmi, senza mai battere ciglio.

«Io mi chiamo Thorbjorn» disse il guerriero, inginocchiandosi, e si sfregò le mani per togliere la polvere, afferrando poi una piccola borsa lasciata sul terreno sabbioso sotto di noi. «Il lupo, invece, si chiama Rolf. Non vuole farti del male. Gli piaci parecchio.»

Deglutii più volte, cercando di bagnarmi la bocca. Parlava di quel lupo come fosse un uomo. Doveva essere pazzo.

Poi, però, ricordai improvvisamente quello stesso lupo cambiare forma, trasformarsi di fronte ai miei stessi occhi in un uomo alto e muscoloso.

Forse anche io avevo perso il senno.

Mentre i miei occhi si aggiustavano alla poca luce, presi a guardare la sabbia sotto di me e le pareti della caverna. L'acqua scorreva oltre noi, a pochi passi da dove eravamo seduti. L'aria si muoveva verso di me, portando con sé una puzza nauseante di marcio.

Tossii, e il guerriero mi porse una borraccia.

«Bevi, piccolina. Ti darò qualcosa da mangiare presto.»

Se avesse voluto uccidermi, il guerriero non avrebbe avuto bisogno di avvelenare l'acqua. Così bevvi, e bevvi tanto, ma quando mi offrì un pezzo di carne essiccata io scossi la testa.

«Non posso.» Pressai un pugno sul mio stomaco.

Lui aggrottò la fronte, ma si limitò ad annuire, senza forzarmi.

Il lupo guaì.

«Non ti preoccupare» gli disse Thorbjorn. «Abbiamo

tutto il tempo del mondo per mettere un po' di carne su quelle sue ossa fragili.»

Io mi feci rigida. Aveva intenzione di darmi in pasto al suo animale? Se sì, avrebbe dovuto prendere il frate, non me. Lui era grasso.

Mi rilassai un po'.

«Cosa volete da me?» chiesi al guerriero che si era girato ancora una volta ad occuparsi del fuoco.

«In questo momento? Vogliamo tenerti al sicuro, farti finalmente mangiare. Gli Alpha vogliono che restiamo qui per un po' di giorni, solo per assicurarci di essere al sicuro.»

Un altro colpo di tosse lasciò le mie labbra. Il lupo e il guerriero si scambiarono un'occhiata.

«Vieni a sederti più vicina al fuoco, piccolina.»

Io restai esattamente dov'ero. Il fuoco sembrava caldo, ma quel guerriero enorme seduto vicino ad esso doveva essere l'uomo più spaventoso che io avessi mai visto. Peccato, però, che in effetti non fosse neanche un uomo. Perché all'improvviso si era trasformato in una creatura enorme, più alta di un normale essere umano, coperta di pelle nera come quella di un lupo. Incontrai i suoi occhi, dorati come la creatura che avevo visto sulla riva del lago.

«Non mordo» disse Thorbjorn, inclinando la testa di lato. «E neanche Rolf. Non se tu non vuoi che lo facciamo.»

Mi sentii pervadere da un'adrenalina strana, eccitata. Mi ero gettata dal dirupo della paura, e ormai stavo cadendo. Che cosa m'importava di dover scavare una tomba ancora più profonda? «Perché mai dovrei voler essere morsa da voi?»

«Potresti essere sorpresa di scoprire quante cose ti ritroverai a volere quando il Calore d'Accoppiamento ti prenderà.» Mi fissò come se si aspettasse altre domande.

Io però decisi di ignorarlo, alzandomi e camminando rigidamente verso l'altro lato del piccolo fuoco.

Il lupo prese a trottare dietro di me, portando tra le sue fauci una coperta di pelle. La poggiò per terra, e poi fece un passo indietro.

Io esitai.

«Va tutto bene, Sage. Rolf vuole solo assicurarsi che tu sia a tuo agio. Ha anche pulito la caverna da cima a fondo, per assicurarsi di non lasciare cose appuntite su cui avresti potuto sederti.»

Qualche metro più in la c'era davvero una pila di ossa e pietre depositate e messe via, e la sabbia sotto i miei piedi sembrava pulita e confortevole.

«Grazie» dissi allora al lupo. Forse, se lo avessi trattato come un uomo, avrebbe deciso di non mangiarmi.

Non avrei mai chiesto a nessuno di mordermi, non m'importava cosa dicesse quel guerriero.

Thorbjorn ridacchiò. «Oh, se non aveva completamente perso il suo cuore per te prima, di sicuro l'ha fatto adesso.»

Quella doveva essere la conversazione più strana che io avessi mai fatto con qualcuno. «Quando eravamo all'abbazia… lui si è trasformato in un uomo.»

«Sì. È una maledizione» disse, scrollando le spalle.

Ci fu un soffio di vento, dell'odore dell'aria subito dopo la pioggia, e il lupo si ritrovò improvvisamente su due piedi. L'uomo adesso di fronte a me aveva i capelli e gli occhi scuri, e la pelle abbronzata. Il suo corpo era duro, levigato come un'arma, e addosso aveva nient'altro che un perizoma.

Vidi il buio avvicinarsi ai miei occhi e allora strinsi più forte le gambe tra le mie braccia, provando con tutte le mie forze a non perdere conoscenza un'altra volta.

«Ciao, Sage» ringhiò piano l'uomo mezzo nudo.

«Woah, piccola, fai attenzione» disse Thorbjorn, afferrandomi con una mano sulla schiena prima che potessi cadere completamente per terra. Mi prese, poi, stringendomi tra le sue braccia, spingendomi contro il suo petto. Io mi strinsi a lui, afferrando i bordi delle sue maniche. Dovevano essersi strappate durante la Trasformazione.

«Sto uscendo fuori di testa» dissi, piano. «O questo, oppure sto sognando.»

«Non stai uscendo fuori di testa» sentii la voce profonda di Thorbjorn rimbombare dentro il mio corpo.

«Va tutto bene» disse ancora Rolf, con voce debole e bassa. «Non ti farei mai del male, Sage.» Poi si inginocchiò verso di me, ed io mi tirai indietro ma, pressata contro il petto di Thorbjorn, non c'era modo di scappare.

«Sh» mi calmò Thorbjorn, e sentii le sue labbra sul mio orecchio. Strinse la presa su di me, ma cambiò posizione, per permettere a Rolf di toccarmi.

L'uomo che poco prima era stato un lupo si sporse verso di me. Il suo viso era liscio e senza barba, il che mi sembrò strano. Non avrebbe dovuto essere barbuto come un lupo?

«Guardalo, Sage» mi mormorò dolcemente Thorbjorn all'orecchio. «Toccalo. È reale, come me e te.»

Io allungai la mano verso di lui, tracciando il contorno della mascella di Rolf. Lui chiuse gli occhi, le sopracciglia a toccare le sue guance, lunghe come quelle di una donna.

Mi lasciai andare ad un sospiro. Pressata tra i due uomini, respirai il loro odore selvaggio e buono. Il loro calore mi riscaldò completamente, entrandomi fin dentro le vene.

«Vedi? Non vogliamo farti alcun male» disse ancora Thorbjorn, accarezzandomi i capelli.

Io feci cadere giù la mia mano. «Le mie amiche. Stanno bene?»

Con riluttanza, Rolf si allontanò da me. Thorbjorn mi fece alzare in piedi.

«Sono tutte con il resto del branco. Non verrà fatto loro alcun male. Sage, te lo prometto. Non devi aver paura per loro. E neanche per te stessa» mi rispose.

Provai ad allontanarmi, e i due guerrieri me lo permisero,

anche se la mano di Thorbjorn restò vicina alla mia schiena, nel caso in cui perdessi un'altra volta stabilità. Per quanto fossero stati violenti, prima, mi trattavano con estrema cura e gentilezza.

Vidi gli occhi di Thorbjorn scendere sulle mie braccia, e mi affrettai—come ero abituata a fare—a nasconderle sotto le maniche del mio vestito.

«E che ne è stato del frate?» chiesi.

Rolf ringhiò. Anche in forma umana, il predatore che era in lui sembrava sempre vicino a salire in superficie.

«Non vogliamo parlare di lui» rispose Thorbjorn. I suoi occhi presero a scintillare sotto la luce fioca del fuoco.

L'ultima volta che avevo visto il frate, lui stava pregando per avere risparmiata la vita. «Lo hai—?»

Thorbjorn annuì. «Una morte pulita.»

Mi sedetti di nuovo sulla pelliccia. Avrei forse dovuto darmi la colpa, o magari pregare per l'anima del prete, ma… la verità era che non riuscivo a trovare la forza per farlo.

Rolf afferrò un'ascia e andò via. Io mi coricai sulla pelliccia mentre il guerriero barbuto si occupava del fuoco. Il fumo andava via, in direzione del fiume.

Mi addormentai, risvegliandomi di tanto in tanto per tossire. Il fumo mi era entrato nel petto. Nel sonno, presi a muovermi tormentata da sogni turbolenti. Lupi che invadevano il dormitorio delle orfane, denti appuntiti e occhi dorati. Il frate che sedeva e rideva, rideva, rideva, il suo stomaco completamente aperto come se un animale selvaggio glielo avesse strappato a morsi.

Mi svegliai con un gemito.

L'odore ricco e meraviglioso di carne arrostita mi fece sedere immediatamente. Sentii il mio stomaco brontolare.

Il lupo era nuovamente seduto e intento a guardarmi.

Mi sentivo il corpo completamente esausto. Ero stanca,

più che stanca. Così stanca che non sentivo neanche la forza di avere paura.

La nuvola grigia e spessa che aleggiava dentro la caverna non era fumo, ma nebbia.

Un pezzo di carne stava girando sul fuoco, infilzata su uno spiedo creato da un ramo.

«Ah, bene» sentii Thorbjorn dire, e dal tono sembrava sollevato. «Sei sveglia. Rolf è andato a caccia per noi. Devi avere fame, adesso.» Prese un pezzo di carne attaccata ad un osso.

«Tieni, Rolf.» Porse la parte dell'osso al lupo, che lo prese tra i denti. «Portalo da lei.»

La carne era buona, ed io la mangiai fino all'osso con i denti, succhiando dalle dita il suo succo prima di gettare l'osso sopra la pila che Thorbjorn aveva già creato.

«Ne vuoi un altro?» mi chiese quest'ultimo, guardandomi attentamente.

Io annuii.

Ancora una volta, Rolf prese un pezzo di carne e poi lo portò da me.

Quasi mi ritrovai a sorridere di quell'assurdità.

«Ti senti più a tuo agio con lui in forma da lupo?» mi chiese Thorbjorn.

Non avevo idea di come rispondere a quella domanda. Preferivo il guerriero, oppure il lupo?

«Accarezzalo, Sage. A lui piace.»

Feci scivolare la mano sul suo pelo spesso. Quando mi fermai, il lupo mi spinse la mano per riceverne ancora.

«Mi sono sempre piaciuti, i cani» gli dissi.

Thorbjorn ridacchiò. «Non chiamarlo cane, per lui è un insulto. Non brutto quanto "coniglio", però.»

«Non ti chiamerei mai coniglio» assicurai al lupo, e come ricompensa lui mi leccò il viso.

Thorbjorn girò lo spiedo, ed io presi a guardare il movimento con occhi affamati nonostante tutta la carne che avevo già mangiato.

«Sei troppo magra, piccolina. Non ti davano da mangiare?»

«Non così.» La mia bocca era così piena di acquolina che faceva quasi male.

«Manderò Rolf a caccia un'altra volta. Nel frattempo, questa la puoi finire tu.» Girò un'altra volta lo spiedo, controllando la carne. «Questa qui era un po' troppo stopposa, però. La prossima volta, Rolf ti troverà qualcosa di più morbido. Ti meriti solo il meglio.»

Io abbracciai le mie gambe sul petto, chiedendomi come fosse possibile che mi ero ritrovata dal nulla ad essere rapita da due guerrieri che sembravano tenere così tanto a me, un'orfana triste, la puttana di un frate.

«Sage è un nome molto bello» disse poi l'uomo barbuto, facendo scattare gli occhi da me alla carne sul fuoco.

«Me l'hanno dato le suore. Hanno deciso loro i nomi di tutte le orfane. Ci hanno dato nomi di piante. Beh… almeno, a quelle che sono arrivate all'abbazia troppo piccole per poter già avere un nome.»

«Ti sta molto bene. Un nome bellissimo per una donna bellissima.»

Mi sentii trasalire. Non per la prima volta, nella mia vita, mi ritrovai a maledire la mia bella faccia. Stringendo le guance sulle mie ginocchia, chiusi gli occhi. Avrei dovuto aspettarmelo che quegli uomini avessero voluto usare il mio corpo. Ma, in qualche modo, la loro gentilezza mi aveva fatto credere che sarei stata al sicuro.

Un naso freddo mi toccò la pelle. Il lupo prese a richiamarmi, ad attirare la mia attenzione, poi fece scivolare la sua testa sotto le mie braccia fino a quando non ne misi uno intorno al suo collo.

«Sei al sicuro, con noi» mi disse l'uomo barbuto di fronte a me, la voce estremamente soffice e gentile.

Con il lupo pressato contro di me e il suo calore sul mio corpo, mi ritrovai quasi a credergli.

«Quando io e Rolf ci siamo incontrati, pensavo che fosse troppo piccolo per poter essere considerato un bravo guerriero. Così, decisi di sfidarlo a duello. Mi fece secco in meno di tre minuti. All'inizio pensai che fosse stato un errore, fino a quando, in battaglia, lui finì per salvarmi la vita.» Sotto la barba, vidi le labbra di Thorbjorn incresparsi al ricordo. «E poi, più avanti, io ho avuto la possibilità di restituirgli il favore. Ti andrebbe di sentire la storia?»

Io annuii.

«Rolf era stato catturato da una strega, rinchiuso in un posto pieno di magia nera. Aveva deciso che doveva fare di lui il suo famiglio.»

Un piccolo guaito lasciò la bocca del lupo. Io gli accarezzai le orecchie per calmarlo, e lui si rilassò.

«Io lo liberai. Eravamo stati separati dal branco, nel bel mezzo della foresta. Lui era stato ridotto pelle ed ossa, ma era ancora in grado di cacciare. Prendemmo insieme quante più provviste riuscimmo a prendere, ed io imparai a cucinare sul fuoco. Ci volle qualche giorno, ma alla fine riuscii a cucinare bene abbastanza da tentare anche lui.» Thorbjorn si fermò un attimo per controllare la carne, strappandone un pezzo per assaggiarlo. «Non ho mai usato delle erbe per insaporire la carne, però. Forse sarei riuscito a convincerlo a mangiare più in fretta se avessi usato della salvia. Però, forse è stato meglio così. Se l'avessi fatto, magari a quest'ora lui avrebbe potuto trovarti particolarmente gustosa.»

Io mi sentii mancare il fiato fino a quando non lo vidi farmi l'occhiolino.

Mi stava prendendo in giro.

Il lupo mi leccò il braccio.

«Che sapore ha?» gli chiese Thorbjorn, e il lupo abbaiò. «Mh. Non devi aver paura, piccolina. Lui agli umani preferisce di gran lunga i cinghiali.»

Io abbassai il viso, ma non abbastanza in fretta.

«Ah, eccolo lì! Un sorriso.»

Perché sì, stavo sorridendo.

«Mi piace. Spero di vederne tanti, tanti altri. Però, per ora ci accontenteremo di farti mangiare.» Thorbjorn allungò un pezzo di carne. Il lupo lo prese contento tra i denti, e lo portò da me. Io provai a prenderlo con le mani, e lui si allontanò.

«Lascia che te lo dia lui» mi disse Thorbjorn.

E così, il lupo tenne stretto il pezzo d'osso tra i denti mentre io lo mangiavo così.

«Sazia?» chiese Thorbjorn.

Quando annuii e li ringraziai, il lupo gettò l'osso in aria e poi lo afferrò di nuovo, cominciando a spolparlo per bene, fino a prendere l'osso tra i denti e spezzarlo in piccoli pezzi.

«Quel frate è stato fortunato che non abbia lasciato a Rolf il compito di finirlo» mormorò Thorbjorn.

Il modo sommesso in cui l'aveva detto mi rese chiaro immediatamente che non era sua intenzione farmelo sentire, ma la sua voce echeggiò tra le mura della caverna, arrivando anche a me.

Girai il viso, rigettando tutto ciò che avevo appena finito di mangiare.

# THORBJORN

«Sh, sh» mormorai, piegato su Sage che aveva le mani sulle ginocchia. Vomitò, e pianse, e poi vomitò ancora, mentre io le tenevo in alto i capelli. Quando finì, la strinsi tra le mie braccia, pulendole la bocca con un pezzo di stoffa.

*Sei un idiota,* mi disse Rolf, e lo vidi scuotere il muso da lupo.

Aveva ragione. Era stata colpa mia. Sospirai. *Sì, lo so. Dobbiamo fare attenzione a quel che diciamo... noi abbiamo visto così tanto. Ma lei è innocente.*

Il suo pianto si trasformò in tosse.

*Quest'aria fredda e bagnata non le fa per niente bene.*

*Ci sono troppi Uomini Grigi, in giro. Siamo bloccati qui, per un po'.*

«Tieni» le dissi, avvolgendo il suo corpo nella pelliccia. «Devi stare al caldo.»

«Che cosa ne farete di me?» chiese lei, il suo piccolo corpo tremante. «Dici che le mie amiche sono al sicuro.»

«Lo sono, Sage. Più di quanto siano mai state, più di quanto saranno mai. Devi solo fidarti di noi.»

«Non mi piace, questo posto» disse lei, tremando, ed io la strinsi più forte contro il mio corpo. Era così piccola, e dolce, e troppo fragile per i miei gusti. Era passato tanto, tantissimo tempo dall'ultima volta in cui mi ero preso cura di qualcun altro, ma per lei avrei fatto in modo di ricordare come ci si comportava.

«Dobbiamo nasconderci qui solo per un altro po'.»

«Perché?»

«Perché c'è un Re malvagio che vuole prenderti. Vuole portarti via da noi.»

«Perché? Che cosa ho fatto?»

«Non è ciò che hai fatto, ma ciò che sei.»

La sua piccola risata era priva di gioia. «Un'orfana?»

«Sei molto più di questo, Sage. Ma questa è una storia per un'altra volta. Dormi, ora» le dissi.

Per mia sorpresa, lo fece davvero.

*  *  *

NON SEPPI NEPPURE QUANTO a lungo restammo seduti lì nell'oscurità. Sage si addormentò, ed io mi sentii fortunato di vederla sentirsi così a suo agio tra le mie braccia. La nostra donna, però, ebbe un sonno tormentato. Ogni volta che tossiva, io mi ritrovavo a trasalire.

*Si sta ammalando.*

*È la nebbia. È colpa del Re dei Morti. La sua magia ferisce le profetesse.*

*Dovremmo andarcene via da questo posto al più presto. Quest'aria non le fa bene.*

*Presto. Quando non ci saranno più Uomini Grigi in giro.*

Luce soffusa si faceva largo tra le sottili crepe della caverna. Rolf alzò il muso, sniffando l'aria. *Gli Uomini Grigi sono fuori.*

*Berserker che si nascondono invece di scendere in battaglia. Non si era mai sentito.*

*Non siamo più la nostra unica responsabilità. Adesso abbiamo lei, da proteggere,* mi rimproverò Rolf.

Aveva ragione. Qualsiasi cosa avremmo fatto, avrebbe potuto mettere Sage in pericolo. Niente e nessuno valeva la pena di perdere lei.

Sage gemette un'altra volta.

*Devi fare in modo che stia in silenzio, Thorbjorn.*

Poggiai le labbra sul suo orecchio, e presi a sussurrare.

«Sei al sicuro con noi, dolcezza. Non devi avere paura. Non dovrai mai più passare un altro giorno da sola.»

## ROLF

*M*entre il mio guerriero fratello confortava la piccola donna, io pensai a tutte le notti in cui la Bestia si era passata il tempo a ringhiare dentro di me, stringendomi nella sua sete di sangue e morte.

*È quasi finita, Rolf,* disse Thorbjorn attraverso il nostro legame mentale, forte adesso tanto quanto lo era quando era nato un secolo fa.

Io lo guardai negli occhi. *Prima, nell'abbazia... temevo che perdessi il controllo.*

*L'ho quasi perso. Ma conosci la promessa che ho fatto. Se la mia Bestia prende il controllo della mia mente prima di legare con una compagna, tu mi uccidi.*

*Lo so. Ho fatto la stessa promessa.*

Mi Trasformai. La magia lasciò sulle mie spalle una pelliccia. Me la tolsi, lasciandola accanto a Thorbjorn per fargliela poggiare tra quelle della nostra piccola preda. Lui la coprì immediatamente, dolce e attento come non lo avevo mai visto.

Incrociando le braccia al petto, mi allontanai verso una roccia e mi ci appoggiai contro. Non riuscivo a dimenticare quanto soffice e calda fosse, eppure non riuscivo neanche a trovare il coraggio di toccarla. Il lupo ci riusciva, ma io no.

*Com'è possibile che una ragazza così piccola e fragile possa riuscire a salvarci?* Ridacchiò Thorbjorn. *Siamo le creature più forti su questa terra, ma non riusciamo a controllare noi stessi. Abbiamo bisogno che sia la gentilezza di una donna, a farlo.*

Io scossi la testa. *Non riesco a capirlo.*

*Neanche io, Rolf, però lo abbiamo visto. I nostri Alpha hanno reclamato le loro donne, e l'intero branco si è ritrovato capace di sperare.* Thorbjorn poggiò una mano sulla sua fronte. *Eccola qui, la nostra speranza. Tra le sue piccole mani tiene strette le nostre vite.*

Chiusi gli occhi, poggiandomi contro il muro. Thorbjorn era un bravo guerriero. Aveva combattuto molte e molte battaglie, al mio fianco. Avevamo condiviso quintali di vino, sentito e creato tantissime storie insieme. Avevamo sofferto l'uno affianco all'altro nelle notti in cui le nostre Bestie non ci lasciavano dormire, assettate di sangue. Dovevo dirgli la verità.

*Io ti invidio, fratello,* gli dissi. *Sei così sicuro di te stesso. Io la mia speranza l'ho persa da tempo.*

*Allora aggrappati alla mia,* mi disse lui. *La notte è quasi finita. Io ho speranza a sufficienza per entrambi, per portarci fino all'alba.*

# THORBJORN

*L*'alba venne accompagnata da una luce grigiastra che si fece largo attraverso le crepe nella caverna.

*Vado in ricognizione,* disse Rolf, alzandosi.

*Fai attenzione, fratello.*

Poggiai la donna sulle pellicce, prendendo un pezzo di stoffa da poter bagnare nell'acqua. Era fredda. Avrei tanto voluto poter avere un modo per poterla riscaldare e farle fare un bagno. Mi inginocchiai accanto a lei, liberando le sue gambe sporche dalle pellicce, aggrottando la fronte a tutti i lividi sul suo corpo.

*È stata usata come se non fosse nulla,* dissi a Rolf. *Dobbiamo avere cura di lei. Andarci piano. Guadagnarci la sua fiducia.*

*Ci prenderemo cura di lei. Nessuno le farà mai più del male.*

Con la rabbia a stringere il mio cuore, non potei fare altro che sperare che fosse vero.

I suoi occhi si aprirono lentamente.

«Cosa stai facendo?» gemette lei, impaurita.

«Stavo provando a togliere lo sporco dal tuo corpo, piccolina. Non voglio farti alcun male» le dissi, ma le tolsi comunque le mani di dosso, aspettando di vederla fare un piccolo cenno col capo prima di riprendere a pulirle i piedi e le gambe.

Lei mi guardò con attenzione e paura, e la sentii tremare ad ogni singolo tocco.

Condivisi quell'immagine con il mio fratello guerriero.

*Il fantasma del frate ancora la perseguita,* disse lui.

*Che cosa posso fare per scacciarlo via?* Mi alzai in piedi, odiando il modo in cui lei si spaventò. Come fossi pronto ad attaccarla. *Non posso ucciderlo di nuovo. Come si fa a competere con un fantasma?*

Rolf non rispose. Non avevo dubbi che stesse pensando ai suoi, di fantasmi.

«Perché hai provato a proteggere il frate?» chiesi. Non mi aspettavo una risposta.

Lei scostò la testa dal mio tocco. Il suo viso venne bagnato dall'oscurità. «Era una vittima anche lui.»

Dovetti combattere contro il ringhio che minacciava di uscire dalle mie labbra. Non volevo che la mia compagna pensasse a nessun altro uomo che non fossimo io e il mio guerriero fratello. «Ti ha fatto del male.»

«Anche a lui è stato fatto del male» disse, e il suo tono fermo e sicuro mi sarebbe risultato divertente, se solo non stesse parlando di un uomo malvagio. Uno che si era meritato la sua morte.

«È stato lui stesso a scegliere vie malvagie. Ti ha fatto del male, perché serviva il Re dei Morti. Non gli è mai importato di te. Sage... quell'uomo era in combutta con il Re dei Morti per tenere nascoste le profetesse, in attesa di venderle a lui.»

Un piccolo cipiglio le increspò la fronte, e la vidi perdersi nei pensieri, come stesse cercando di capire. «Hai detto che conosci Hazel.»

Io annuii. «Sì. Hazel era stata portata nella tomba del Re dei Morti. È riuscita a scappare durante il nostro attacco, ed è stata salvata da un Berserker che l'ha poi reclamata come sua compagna.»

Lei restò in silenzio, intenta a mordersi il labbro inferiore.

Rolf entrò dentro la caverna in quel momento, e fece un cenno verso il fuoco. *Spegnilo.*

Io gettai la sabbia su di esso.

*La nebbia fuori è fitta, ed è piena della puzza degli Uomini Grigi, ma c'è un modo per passare inosservati. Dobbiamo essere pronti.*

«Ce ne andremo presto» dico a Sage.

Con un piccolo cenno d'assenso, lei si alzò e prese a liberare i suoi capelli dalla treccia.

«Sage?»

«Hai detto che Hazel è stata presa come compagna. Vorrei sapere cosa ne sarà di me.»

Presi un piccolo respiro. «D'accordo. Hai ragione. Non ci saranno segreti tra di noi. Sei qui, con noi, adesso, perché la nostra Bestia ti ha scelta come compagna.»

Le sue guance si colorarono leggermente di rosa, una sfumatura a malapena visibile ma meravigliosa. Il suo odore si tinse di curiosità. «Che cosa significa, esattamente?»

«Significa che ci prenderemo cura di te. Ti tratteremo come una di noi.»

«Entrambi?»

«Entrambi. Io e Rolf siamo più vicini di semplici guerrieri, dopo tutti questi anni passati a combattere insieme e a salvarci la vita a vicenda. Parliamo e agiamo in accordo.»

«Hai detto che sarò la vostra compagna. È un po' come essere una moglie?»

«Una compagna è più di una semplice moglie. È… è un amore che supera il tempo.»

Non riuscivo a staccarle gli occhi di dosso. Lei, però, ben

presto prese a guardare in giro per la caverna, fino a quando non gettò gli occhi a terra.

Come sconfitta.

«D'accordo» sussurrò, quasi più a se stessa che a noi.

In un secondo, si liberò dei suoi vestiti, facendoli cadere per terra. Mi sentii entrare in allarme immediatamente quando sentii il suo odore cambiare.

Non eccitazione.

Disperazione pura.

Mi alzai in piedi. «Sage, che cosa stai facendo?»

«Potete prendermi» sussurrò, stringendosi le braccia intorno a quel corpo fragile. I suoi piccoli capezzoli si fecero immediatamente turgidi contro l'aria gelida della caverna. Tremava come una foglia.

Rolf fece scattare la testa verso di me, ed io scossi la mia.

«No, dolcezza.» Alzando la pelliccia, mi avvicinai a lei e la strinsi forte intorno al suo corpo.

Lei non riusciva ad alzare lo sguardo sui miei occhi, così li tenne sul mio petto. «Non è il mio corpo, quello che volete?»

«È una parte di ciò che vogliamo, piccola, sì. Ma non così.*Mai così.*» Strinsi la pelliccia ancora più forte intorno al suo corpo, fino a quando lei stessa prese i lembi tra le sue dita e la tenne su di sé. Non riuscii a frenarmi dal prendere il suo viso tra le mani, avvicinandola a me, le mie labbra sui suoi capelli.

«Se anche ci volesse una vita intera da aspettare prima che tu ti senta pronta e desiderosa di darci il tuo corpo, Sage, per noi non avrebbe importanza.*Aspetteremo*» le dissi. «Ma nessuno, *nessuno*, ti metterà mai più le mani addosso se non sarai tu a chiederlo, a volerlo. Men che meno io e Rolf.»

Quella volta, il brivido che le prese tutto il corpo fu forte abbastanza da scuotere anche me.

«Vieni. Andiamo a mangiare un altro po'.»

## SAGE

*I* guerrieri mi tennero tra di loro, offrendomi pezzi di carne essiccata da mangiare. Io buttai giù tutto quello che riuscii a mangiare, ma la mia gola sembrava fatta di cartapesta, intenta com'era a reprimere altri attacchi di tosse. Avevano detto che si sarebbero presi cura di me, ma la verità è che non volevo che pensassero ne valessi la pena. E se non fossi riuscita a permettergli di usare il mio corpo presto, cosa avrebbero fatto, allora? Mi avrebbero ucciso?

«Sage» mi richiamò il guerriero barbuto, poggiando due dita sul mio mento per farmi alzare lo sguardo, una delicatezza in quel tocco che non poté fare a meno di lasciarmi ancora una volta sorpresa. «A cosa stai pensando?»

Io scossi la testa. «Perdonatemi. Sono debole.»

Lui mi strinse tra le sue braccia. Io aspettai, ma non fece nulla se non limitarsi a tenermi stretta, così forte che pensai le mie ossa si sarebbero rotte di lì a breve contro il suo petto caldo e forte.

«Calmati, piccolina» mormorò lui, accarezzandomi i capelli. «Non mi aspetto assolutamente nulla da te. Hai sopportato così tanto, hai visto così tante brutte cose così presto, e mi dispiace... mi dispiace più di quanto possa farti capire. Ma anche io ho aspettato a lungo per questo esatto momento. E voglio soltanto stringerti.»

La serietà e la profondità di quelle sue parole mi fece sentire il bisogno di piangere. *Che stupida che ero.* Era il mio rapitore. Non avrei dovuto provare pena per lui. Ma quando le sue mani grandi presero a districare i nodi tra i miei capelli con dolcezza, io mi sentii le spalle e la schiena rilassarsi finalmente.

«Quanto?» mormorai. Sotto la mia guancia, il suo petto si alzava ed abbassava a ritmo regolare. Il suo odore mascolino e selvaggio mi avvolgeva.

Lui inclinò la testa, e la sua barba mi solleticò il viso.

«Quanto cosa?»

Io alzai il viso. I suoi occhi avevano uno strato spesso d'oro attorno a quella sua pupilla nera, come gli occhi di un lupo.

«Quanto tempo avete aspettato, per me?»

«Troppo.» Mi strinse più forte. «Abbiamo aspettato fin troppo. Siamo *antichi,* come scoprirai presto» disse, facendo una smorfia. «Ma non vediamo l'ora di imparare cosa significhi amare.»

Mi lasciai andare contro di lui un'altra volta, sentendomi stanca, sentendomi pesante.

La sua mano continuò a danzare tra i miei capelli, a volte stringendo, a volte solleticandomi il collo. Il mio corpo sembrò sciogliersi sul suo, bevendo ogni singola goccia del suo calore.

Rolf tornò poco dopo, ed io mi sentii irrigidire un'altra volta.

«Sh» mi fece rilassare Thorbjorn. «Sh.»

E, per qualche motivo, il mio corpo sembrò obbedire. Ero

sporca, bagnata, infreddolita, ma, in qualche modo… dentro di me sapevo di essere al sicuro.

Non mi sentivo così da tanto, tantissimo tempo.

* * *

Mi sentii riportare in vita da un peso sul mio petto, che minacciava di spingermi fin dentro i meandri più oscuri della terra. Io tenni gli occhi chiusi. Mi ci sarebbe voluta fin troppo energia per tenerli aperti.

«Sage.» Thorbjorn mi fece svegliare di colpo. «Dobbiamo andare, adesso. Vieni, devi bere un altro po' prima di metterci in viaggio.»

Alzò la borraccia, ma anche se la mia gola era secca da morire, io non potei fare a meno di girare il viso dall'altra parte.

«Obbedisci.» Il suo tono duro e autoritario mi fece trasalire, ma poi, quando parlò di nuovo, si fece dolce un'altra volta. «Ti prego, tesoro. Non ti ordineremmo mai di fare qualcosa che possa farti del male.»

Con un sospiro, mi girai a guardarlo un'altra volta. Se avessero voluto che facessi qualcosa così tanto, avrebbero potuto forzarmi a farla in un modo o nell'altro. Tutto ciò che avevano fatto fino a quel momento, però, era stato prendersi cura di me.

Non potei fare a meno di chiedermi quando la cosa sarebbe cambiata.

Quando lui alzò la borraccia un'altra volta verso di me, alla fine bevvi. Il lupo sedeva nascosto nell'ombra, intento a guardarci.

«Brava bambina» disse Thorbjorn, quando presi ancora altri sorsi d'acqua. «Correremo veloci, e non ci fermeremo che tra molte ore. Rolf è andato in giro a pattugliare, per assicurarsi che la strada sia libera. Ha preso qualche vestito nuovo per te.» Poi li alzò, facendomeli vedere: un mantello e un vestito senza forma alcuna, che a malapena mi avrebbe coperto le ginocchia.

«Quei vestiti sono per bambini.»

«Allora siamo fortunati che tu sei piccolina. Mettili, su.»

«Ma—»

«Okay, braccia in alto.»

Thorbjorn mi tolse ciò che avevo addosso e mi mise il nuovo capo compreso di mantello prima che io potessi dire un'altra parola.

«Ah, molto meglio. Non mi piace proprio vederti coperta di fango. E poi, gli Uomini Grigi sono in grado di seguire l'odore.»

Gettò il vestito che fino a quel momento avevo addosso sul fuoco e, così, in un singolo secondo, la mia vecchia vita era stata cancellata.

Tossii, il petto in fiamme. «Cosa faremo, adesso?»

Thorbjorn mi prese in braccio. Le mie braccia si strinsero attorno al suo collo automaticamente. Odorava di quell'odore tipico che prende ad avere il terreno subito dopo la pioggia e, per qualche strano motivo, la cosa mi diede conforto.

«Andiamo verso nord, alla ricerca di un posto sicuro dove stare. Se i Draugr dovessero attaccare durante il cammino, Rolf li distrarrà.»

Così lasciammo la caverna, e *volammo* all'interno della foresta.

Non avevo idea di che ore fossero, se fosse giorno o notte. Per tante ore, Thorbjorn si limitò a portarmi con sé tra le sue braccia, all'interno della nebbia. La mia testa faceva così male da farmi perdere la vista, e, a volte, mi ritrovavo ad aprire gli occhi senza neanche ricordare quand'è che li avevo chiusi di tutto principio. Mi ritrovai a stringermi su me stessa dal dolore, e non potei fare niente se non aspettare, persa all'interno della nebbia, che tornasse un'altra volta, finalmente, il Sole.

# THORBJORN

*L*a piccolina tra le mie braccia faceva fatica a respirare. *Per favore,* mi permisi di pregare. Avevamo aspettato così tanto tempo, per trovare la nostra compagna. *Non possiamo perderla.*

*La salveremo,* mi disse Rolf attraverso il legame.

La testa di Sage si muoveva lentamente contro il mio petto mentre dormiva. Io strinsi i denti. Non potevamo fermarci, non potevamo riposarci fino a quando non l'avremmo messa in salvo.

Per quando arrivò il pomeriggio, tra la nebbia prese a farsi largo uno spiraglio di luce. Si stava allontanando un po'.

Di fronte a me, Rolf si fermò, abbaiando.

*Dove siamo?*

*A nord dell'abbazia, di un bel po'. Il Re dei Morti sta usando tutto il suo potere per coprire l'intero posto con i suoi incantesimi malvagi.*

Misi giù la donna, e lei si strinse in una piccola palla. Rolf zampettò verso di lei, coricandosi, spingendosi contro il suo corpo per offrirle calore. *Non dovremmo fermarci, non è sicuro.*

*È stanca e fragile, e ha bisogno di mangiare. Non possiamo rischiare di farla indebolire troppo.* Le accarezzai i capelli, e lei prese a tremare contro di me. *Dovremmo accendere un fuoco.*

*Non possiamo rischiare.*

*Sente freddo!*

*I servitori del Re dei Morti ci troveranno se lo accendiamo! Dovremmo comunque muoverci.*

*Non le fa bene stare così tanto in movimento.*

*Se non ce ne andiamo, Thorbjorn, il Re dei Morti riuscirà a trovarci e la porterà via da noi.*

A quelle parole mi alzai, e la presi tra le mie braccia.

«Thorbjorn?» mormorò lei.

«Perdonami, dolcezza, non possiamo fermarci. Dobbiamo andare. Il Re dei Morti si sta avvicinando per prenderti.»

Le sue braccia si strinsero ancora più forte intorno al mio collo. «Non gli permetterai di farmi del male?»

«Mai. Ti terrò lontana da lui, sempre.»

Lei poggiò la fronte contro il mio collo, e lasciò andare un piccolo sospiro. «Farò la brava. Sarò buona per voi, lo prometto.»

«Lo so, tesoro. Lo so.»

Nel giro di un'ora, il suo corpo era scosso costantemente dalla tosse.

*No, non va bene,* disse finalmente Rolf. *Sta troppo male, e siamo troppo lontani dal resto del branco. Cosa facciamo, adesso?*

*Continuiamo ad andare verso nord. C'è una strega, lì, che mi deve un favore.*

Il lupo alzò il muso verso di me. *Attento, fratello. Non vogliamo stare in debito con una strega, credimi.*

Sage venne scossa da un altro colpo di tosse, il suo corpo tremante.

*Tu sai cosa fare per farla stare meglio?* gli chiesi.

*Lo sai che non lo so. Che tipo di malattia potrà mai essere, che la sta prendendo con così tanta velocità?*

*Non lo so. Ma una strega potrebbe saperlo,* gli dissi io.

Rolf restò in silenzio. Sentii il pugno fermo e forte della sua paura farsi strada dentro di me, attraverso il nostro legame. *Non voglio fare affari con una strega un'altra volta.*

Io feci una smorfia. *Lo so, fratello. Credimi, neanche io vorrei. Ma è la nostra compagna. Non possiamo lasciarla morire.*

Mentre camminavamo, cercai di spingermi oltre il legame del branco per raggiungere gli Alpha, ma non c'era modo di sentirli, né di farmi sentire.

*Non c'è nessun altro modo, Rolf. Non abbiamo altra scelta.*

Puntai i piedi verso nord, e camminai fino a quando l'odore inconfondibile della strega, amaro e terroso, come una tomba, non arrivò alle mie narici.

La notte era ormai calata per quando arrivammo all'incrocio che ricordavo ancora. Diversi regali erano stati lasciati ai piedi di un'alta pietra che si ergeva alla fine.

Rolf tornò nella sua forma umana. «È questo il posto?»

«Sì. Non ti ricordi di aver portato questa pietra per lei?»

Rolf grugnì. Ai piedi della pietra, le persone avevano lasciato doni e regali come tributo. Il mio guerriero fratello si acquattò vicino alla pila, senza però toccarla. «C'è tantissimo oro, qui, fratello.»

«Alla strega non piace, l'oro.»

«E allora cosa le piace?»

«Qui, tieni la ragazza.» Una volta lasciata Sage tra le braccia di Rolf, io tirai fuori il mio pugnale e poggiai la punta sulla parte interna del mio braccio, lasciando che la lama aprisse un piccolo taglio sulla mia carne. Il sangue prese a colare sulla pietra.

«Sangue rosso, sangue morto» arrivò un piccolo canto sussurrato da dietro le pietre.

Rolf si allontanò immediatamente dalla pila di regali quando vide un'ombra allontanarsi dalla pietra, diretta verso di noi, intenta a prendere una forma umana.

La *cosa* antica che si stava avvicinando si fece via via più chiara, prima un braccio magro, sulla mano stretto un calice.

Silenziosamente, io avvicinai il mio braccio al calice, e le permisi di catturare tutto il sangue che uscì fino a quando il taglio non si chiuse. Poi abbassai il pugnale, senza però metterlo via.

La strega continuò a cantare quella macabra canzone mentre faceva girare la coppa. Poi bevve un sorso del mio sangue, e fece schioccare le labbra.

«Ti ho già assaggiato prima, lupo.»

«Ti ho aiutato, un tempo, e adesso ho bisogno che tu mi faccia due favori. Abbiamo bisogno di una pozione che possa curare la nostra donna, e di un posto sicuro dove poterci nascondere.»

«Oh» cantilenò la donna, avvicinandosi a Rolf. Lui fece un altro passo indietro prima di costringersi a fermarsi per farla avvicinare. La strega annusò l'aria una volta, due volte, e poi scosse la testa. «Puzzi di strega.»

Un ringhio basso si fece strada dentro la gola di Rolf.

«Non è lui quello malato» dissi alla strega. «Guarda la donna.» *Va tutto bene, Rolf. Se la strega prova a fare qualcosa, la uccido.*

La strega si sporse allora su Sage.

«Questa qui odora di magia dolce.» Passò una mano tatuata nell'aria sopra il viso fermo di Sage. La ragazza prese a tossire, ma senza aprire i suoi occhi.

Rolf fece un altro passo indietro, stringendo Sage tra le sue braccia. «Che cosa le hai fatto?»

«Niente che non possa curare. Ha uno spirito maligno nei polmoni. La nebbia—è la maledizione dell'Antico.»

«Puoi curarla?»

«Oh, ho tantissime cose che possono curare questa maledizione. Erbe, e tanto altro… cose verdi e cose belle, cose che spaziano dalle nebbie alle brughiere...» disse, intonando un canto strano.

«E che mi dici di un posto dove poterci nascondere?» la interruppi, e la canzone si fermò. La strega si allontanò, sparendo dietro la pietra. Noi aspettammo in silenzio.

*Pensi che—* Rolf aveva cominciato a chiedere, ma si fermò quando la strega apparve di nuovo.

«Ecco» disse, porgendomi una borsa. «È una collezione di tè diversi, da darle tre volte al dì. E il quarto, invece, è un tonico.» Una mano piena di artigli si avvicinò a me, ed io permisi alla strega di sussurrarmi all'orecchio.

«Tre volte al giorno?» chiesi, tenendo la borsa da tre le mani, pensieroso.

«E salvia per il suo petto, e un'altra per—»

«Sì, ho capito.»

La strega sorrise, poi annuì.

«E che mi dici di un rifugio?»

«Ho proprio il posto adatto. Nel cuore della foresta. Seguite la luce della Stella del Mattino» disse, puntando con il dito verso una direzione. «Fino a quando l'alba non scintillerà ad Est. Entrate nella foresta, e poi dentro una caverna. Lì, troverete ciò che state cercando» disse, ancora una volta con quel tono melodioso, come stesse cantando. Poi andò via.

*Ma tu ti fidi di questa strega?* mi chiese Rolf, Sage stretta sul suo petto e un'espressione parecchio dubbiosa in viso.

*No, non esattamente. Ma mi doveva un favore, e almeno di quello mi fido.*

*Non mi piace il fatto che tu le abbia fatto bere il tuo sangue.*

*Lo aveva già bevuto molto prima di questo momento. Questa è la strega che anche gli Alpha hanno chiamato, quella che li ha aiutati a trovare la loro donna.*

Rolf sembrò pensarci su. *Sono sempre stato convinto che quella strega fosse Yseult.*

*No. A quel tempo, Yseult non era ancora forte abbastanza. Vieni—andiamocene via da questo posto, in fretta.*

Non volevo più parlare di malvagità, e le streghe erano anche quello. Ciò che ci era stato dato ci avrebbe aiutato a rimettere in salute la nostra donna, e dopodiché avremmo potuto tenerla al sicuro.

# ROLF

*L*a strada che ci era stata indicata dalla strega ci portò ben presto all'interno della foresta, e tutt'intorno a noi c'erano rumori misteriosi e inquietanti. Passai Sage a Thorbjorn, Trasformandomi poi in lupo e portando tra i denti la borsa piena di medicine fino a quando potei, prima che l'odore nauseante delle erbe mi facesse starnutire.

A quel punto fu Thorbjorn a prenderla, ed io corsi lontano, a pattugliare come mio solito. Per il mio lupo, la foresta era piena di molto più che semplici suoni misteriosi: tracce lasciate da qualsiasi tipo di creatura, alcune che io non avevo mai neanche visto. Guidai tutti e tre verso un sentiero libero da oggetti pericolosi, e feci il giro di una collina per evitare che qualcosa di largo e putrido lasciato indietro da qualsiasi creatura potesse esserci in giro potesse far del male alla nostra compagna.

*Questo posto è strano*, dissi a Thorbjorn attraverso il legame, fermandomi in un punto e lasciando un segno sul tronco di un albero. *Qui non ci verrei neanche per cacciare.*

*È una buona cosa, allora. I nostri nemici non ci penseranno neanche, a cercarci qui.*

Thorbjorn stringeva ancora la piccolina tra le sue braccia, scoccandole di tanto in tanto sguardi teneri. Reclamare quella donna lo stava già cambiando. Io potevo soltanto sperare che lei offrisse davvero tutto ciò che gli serviva. Per quanto riguarda me... mi sembrava fin troppo bello, per essere vero.

Il mio naso sniffò immediatamente odore di zolfo, e mi ritrovai a starnutire.

*Che cosa c'è, Rolf?*

*Lì.* Feci cenno con il naso di fronte a me. *Lì c'è la caverna.*

Era più un tunnel che l'entrata di una caverna, basso abbastanza da costringere Thorbjorn a piegarsi completamente. Entrai io per primo, facendo attenzione a non toccare le pareti, così come ci aveva detto la strega. Il posto puzzava di vuoto, di secco e di brutto, come una tomba. Quando arrivammo dall'altro capo del tunnel, nel rifugio, trovammo la fonte di quella puzza di zolfo. Fiamme calde e basse sprizzavano dalle rocce.

*Questo è un buon posto,* pronunciò Thorbjorn. *Un luogo di guarigione.*

Io non ne ero altrettanto sicuro. *Dove siamo?*

*Ha importanza? Siamo al sicuro.*

Continuai a zampettare lungo il sentiero, seguendo le tracce della strega che era stata qui prima di noi, un odore d'erbe ormai lieve. Aveva camminato lungo questo stesso sentiero, eppure saperlo non faceva altro che farmi provare meno fiducia nei confronti del luogo. C'erano tanti, tanti mondi oltre il nostro. Potevamo benissimo essere appena entrati in un altro, come l'eroe di ogni storia. Ma se questo fosse stato vero, se fossimo appena entrati in un mondo diverso, come avremmo fatto a ritrovare la strada di casa?

Di fronte a noi, nascosta dietro un piccolo boschetto di cicuta, felce e muschio, si ergeva una piccola capanna. Costruita con rami di pino e cedro, odorava di pulito e aveva due finestre—rare in un'abitazione di così piccole dimensioni—e una piccola porta che odorava di vernice ancora fresca.

«Colore» disse Thorbjorn ad alta voce. «Qualcuno ha marcato questa porta di recente.»

*Sarà il caso di entrare?* gli chiesi, restando indietro. Non mi fidavo di quella strega tanto quanto non l'avrei mai mangiata. Però non riuscivo ad odorare nulla di malefico davanti a me. Corsi da entrambe le parti, cercando dietro ogni roccia e dietro ogni albero, dietro ogni foglia, mentre Thorbjorn aspettava con la donna tra le sue braccia.

*Via libera?* mi chiese, quando smisi di cercare.

Io sbuffai, scontento.

La porta della capanna si aprì senza neanche cigolare. All'interno c'era un grande letto, degli sgabelli perfettamente rotondi fabbricati con il legno, e un bel camino. Dal soffitto pendeva un numero sproporzionato di pentole di ferro e utensili da cucina, e i ripiani erano pieni zeppi di erbe. Il tetto era parecchio alto, più del normale per una capanna, il che poteva essere nient'altro che un sollievo, per un Berserker: noi eravamo almeno un metro più alti del più alto uomo umano.

«Andrà bene» disse Thorbjorn, lasciando la piccolina sul letto. «Questo posto andrà più che bene.»

Improvvisamente lontana dal calore corporeo di Thorbjorn, la piccola s'irrigidì dal freddo. Lui non aspettò un attimo in più per prendere ciò che gli serviva per prepararle il suo tè.

Io zampettai verso di lei, toccandola con il naso. Lei fece una piccola smorfia, ma senza aprire gli occhi. La nostra donna era nel bel mezzo di una brutta febbre, e qualche brutto sogno. Le leccai la mano, e guaì piano.

«Starà bene» mi disse Thorbjorn, rispondendo così alla mia preoccupazione silenziosa. «Un po' di queste medicine e del buon riposo, e in men che non si dica sarà di nuovo sui suoi due piedi.» Prese un secchio per l'acqua e poi andò via. Io mi occupai di portare la legna dentro il camino, e non smisi fino a quando il mio fratello guerriero non tornò con il secchio pieno d'acqua. Ne versò metà del contenuto all'interno del calderone.

*Attento*, gli dissi, aggrottando il mio naso da lupo. *Non sai che cosa ha potuto creare quella strega cattiva lì dentro.*

«Brodo, sicuramente. Imparerai mai a fidarti delle streghe?»

*Tu ti fidi?*

«No, solitamente no, ma sono nostre alleate… almeno per un po'. Lo sai anche tu, che vogliono combattere al nostro fianco contro il Re dei Morti.» Thorbjorn accese poi il fuoco, poggiando il calderone sulla legna quando le fiamme presero vita. «Non posso fare a meno di chiedermi cos'è che ti abbia fatto quella strega, tanto tempo fa.»

*Intendi, oltre all'avermi trasformato in un mostro?*

Thorbjorn scosse la testa. *Ha trasformato tutti noi in mostri. Ma tu sei stato tenuto lì dentro per molto più tempo di noi, e quando sono venuto a prenderti... mi ci sono voluti tre giorni, per convincerti a non lasciarti morire. Non era una bugia, quella che ho detto a Sage.*

Restò a fissarmi, ed io gli restituì lo sguardo senza rispondere, e i nostri occhi restarono incollati gli uni agli altri, in silenzio, fino a quando Sage non venne scossa da un sospiro tremolante sul letto. Quando Thorbjorn si alzò per portarle il tè alle erbe, io zampettai fuori dalla porta.

Non mi fidavo di quella strega, né di nessuna strega. Non mi fidavo di quella che sembrava improvvisa fortuna per noi, nell'aver salvato la nostra compagna e nell'averla trovata di tutto principio.

E non mi fidavo neanche di quella donna che avrebbe dovuto salvarci. Era così piccola, così fragile.

Ed ogni singola persona che io avessi mai amato era morta.

Non potevo, non avrei mai potuto riporre tutte le mie speranze su di lei fino a quando non mi sarebbe stato chiaro che sarebbe sopravvissuta.

Fino a quel momento... Thorbjorn avrebbe potuto occuparsi di lei.

Ed io avrei cacciato.

«Rolf è solo impaurito» dissi alla mia piccola donna, come fosse sveglia invece che coricata sul letto, gli occhi chiusi pesantemente nel sonno. «È l'uomo più coraggioso che conosca… ma andrebbe prima incontro a morte certa su un campo di battaglia, piuttosto che rischiare il suo cuore su un campo totalmente diverso. Ma tu sei così piccola, così dolce, così bella… mi sembra impossibile non riuscire ad amarti.»

*Amore.*

Una così strana parola. Suonava bene. Aveva un buon sapore. Non avevo più amato nessun altro oltre la mia famiglia, e tanto tempo fa l'avevo lasciata indietro per seguire fama e oro, riconosciuto come uno dei combattenti più apprezzati del Re.

E ora, oltre un secolo dopo, finalmente l'avevamo trovata. E se lei non ci avesse accettati?

Scaldai dell'altra acqua, pulendo la sua pelle, facendo scivolare il panno su e giù lungo il suo corpo aspettando che lei aprisse gli occhi.

Il nostro viaggio aveva sporcato il suo vestito, ma non mi

rischiai neanche a toglierlo mentre la lavavo, soprattutto mentre lei dormiva. Aveva sofferto fin troppo sotto le mani di un uomo. Non potevo toglierle l'unica armatura che, ai suoi occhi, lei aveva per proteggersi da noi, che in quel momento non potevamo che essere nient'altro che nemici. Quando si sarebbe svegliata, l'avrei convinta a farsi un bagno nel fiume caldo. Un giorno, lei stessa avrebbe provato la voglia di spogliarsi completamente di fronte a noi, lei stessa avrebbe desiderato il nostro tocco... ma fino a quando quel giorno non fosse arrivato, l'avremmo trattata con il massimo delle cure.

La vidi muoversi.

«Piano, bambina. Stai bene. Ecco, tieni» le dissi, come fossi un'infermiera. Se Rolf fosse stato qui, avrebbe riso di me, un uomo grosso e pieno di cicatrici procuratesi in campo intento a prendersi cura di una piccola ragazza. Lo avrei lasciato ridere.

Feci scivolare una mano sotto il suo corpo, aiutandola ad alzarsi per bere il tè che avevo preparato. All'inizio provò a sputarlo, ma io la costrinsi a buttarlo giù.

«Bevilo tutto, tesoro. Quando torna Rolf andrò alla ricerca di un po' di miele, per provare a renderlo un po' meno difficile da buttare giù. Ma devi berlo, perché ti aiuterà a liberare i polmoni, d'accordo?»

Lei si limitò ad inghiottirlo, gli occhi chiusi e pesanti. «Brava bambina» le sussurrai, quando il bicchiere fu completamente vuoto. «Adesso riposa.»

Sage cadde nuovamente sul letto, e subito dopo in un sonno profondo. Le ombre sotto i suoi occhi sembravano essersi fatte leggermente più chiare. Io mi sedetti su uno degli sgabelli a guardarla, vegliando su di lei.

\* \* \*

ROLF TORNÒ dentro la capanna ancora nella sua forma da lupo, portando tra i denti un pesante fagiano.

*C'è una strega, lì fuori. Penso sia la stessa creatura da cui siamo andati prima.* Il lupo starnutì due volte, come se qualcosa gli desse fastidio. *Probabilmente sta cercando te.*

«Sarà meglio che vada a vedere cosa vuole, allora.» Sage ebbe uno spasmo quando parlai, ed io aspettai un attimo prima di alzarmi, per assicurarmi che stesse ancora dormendo. «Veglia su di lei.»

Rolf annuì con il muso e si sedette ai piedi del letto. Io mi fermai sulla soglia, chiedendomi se dovessi dargli qualche consiglio, nel caso in cui la piccolina si svegliasse e chiedesse di me... ma dal modo in cui lo vidi guardarla mentre dormiva, come se fosse un cucciolo piccolo e prezioso, mi resi conto che qualsiasi cosa fosse successa se la sarebbe cavata anche da solo. Io mi trasformai in lupo, e poi uscii fuori.

Seguendo l'odore di Rolf fin dentro la foresta, mi fermai ad odorare i posti che aveva segnato con il suo corpo. Come un lupo normale, Rolf aveva lasciato il suo odore sul bordo del nostro territorio, qualcosa di forte abbastanza da far sbattere il naso a qualsiasi creatura, quasi come fosse andata a sbattere contro un muro. Io alzai una zampa e segnai il territorio. Non c'era motivo di nascondere il fatto che non c'era solo uno, ma ben due predatori dominanti che avevano reclamato quel posto come proprio.

Rolf tendeva ad essere sempre molto diffidente nei confronti dei posti infettati dalla magia—era stato esposto al mondo delle streghe più di me, questo era certo. Non aveva mai parlato di ciò che gli era capitato, ma avevo riconosciuto l'odore della sua paura una delle primissime volte in cui lo trovai ad avere le convulsioni durante uno dei suoi incubi. La conoscevo bene, quella paura; l'avevo sentita anch'io, la

primissima volta che mi ero svegliato dopo la Trasformazione. Quando mi resi conto del mostro che ero diventato.

La strega mi aspettava dall'altro lato delle sorgenti
termali, più vicina al nostro nuovo territorio di quanto mi
piacesse. Del resto, però, quella era pur sempre la sua
capanna, anche se aveva un odore fresco e nuovo, libero
dall'odore tipico della magia.

Zampettai verso di lei, con la coda che si muoveva un po'.
Il mio lupo le arrivava al mento. Decisi di non tornare nella
mia forma umana. Se la strega voleva parlare, avrebbe
parlato.

«Ho qualcosa per te, figlio di Fenrir» disse. «L'oscurità sta
per abbattersi sopra quest'isola. Devi tornare presto dal tuo
branco con la tua donna. Si è ripresa?»

Io sbuffai. A malapena eravamo stati qui per un giorno.

«Lo sospettavo. Il tempo passerà diversamente, in questo
posto. Posso darvi qualche settimana in più, e farvi uscire da
qui come se non fosse passato nient'altro che un giorno.
Potrebbe essere sufficiente?»

Io la fissai. Magia di quel calibro richiedeva un grande
sacrificio. Non avrei mai potuto accettare, non senza sapere
cosa avrebbe chiesto lei in cambio.

Lei sospirò. «Non ti sto offrendo questo dono con facilità,
né di buon cuore. Quando arriverà il momento, avrò bisogno
che il vostro branco faccia tutto ciò che sia necessario per
salvarci tutti.»

Quando il mio muso peloso si inclinò di lato, lei incrociò
le braccia intorno al suo corpo, una postura difensiva che
nessun lupo avrebbe potuto ignorare. Riuscii a sentire subito
il cambiamento nel suo odore: paura. La strega aveva paura.

«Il mio potere si genere con il sacrificio che sono disposta
a fare. La maggior parte delle streghe ci va piano, sacrifica il
meno possibile, fa attenzione a non andare oltre la linea che

mantiene le cose in equilibrio, che tiene le loro anime pure. Ma c'è un mago in quest'isola a cui questo non importa.»

Io ringhiai.

«Sì. Il Re dei Morti, come lo chiamate voi. Le mie sorelle ed io abbiamo ritenuto più saggio, in tutti questi anni, stare quanto più lontane possibili da lui. Il suo potere è così forte che sarebbe in grado di spazzarci via senza nessun problema, oppure provare a metterci sotto il suo comando. E, tra il suo potere e il nostro messi insieme… saremmo in grado di distruggere quest'isola intera. Ma voi…» Le sue dita aleggiarono sopra il mio naso. «Voi Berserker siete nati per questa battaglia. Lo so che preferireste non vedere le vostre donne sul campo di guerra—»

Io ringhiai con i denti, sentendo le viscere contorcersi dentro al solo pensiero.

«Lo so. Ma arriverà un momento, in questa guerra, in cui anche loro dovranno fare la loro parte. Dovrete mettere il mago sottoterra, e rinchiuderlo lì dentro per sempre con lo stesso incantesimo che è riuscito a crearlo.»

Io la fissai, la Bestia e il lupo entrambi accecati di rabbia al pensiero di Sage, la compagna che avevamo appena trovato, messa in pericolo. Più di qualsiasi altra cosa, volevo soltanto scappare via da questa foresta incantata, andare dagli Alpha e dire loro tutto ciò che quella strega mi aveva appena detto. Non stava mentendo—Rolf e Sage sarebbero stati più al sicuro, intorno al branco. Ma non potevamo andarcene, con Sage ancora in quelle condizioni.

«Per adesso, però, hai un compito ben più importante e delicato. Dai da mangiare alla tua piccola come si deve, e prendetevi cura di lei. Ho visto il suo futuro, e così ho scoperto che la malattia che la disturba non ha niente a che vedere con la magia del Re dei Morti. È nella sua testa. Ma, con il tempo, non ho dubbi che saprete farla stare meglio.»

# ROLF

*A*spettai coricato ai piedi del letto. Ogni qualvolta provassi ad abbassare la testa, un rumore dalla foresta me la faceva alzare di nuovo. Non mi piaceva quel posto, pieno di odori impregnati di magia e di rumori provenienti da creature che gli umani non avevano mai visto, mai neanche immaginato.

La donna dormiva profondamente, tremando nel sonno e tossendo di tanto in tanto. Ad un certo punto, poggiai una zampa sul letto. Se fosse stata un cucciolo, le avrei dato un cervo da mangiare e avrei spolpato l'osso fino al midollo, per farla stare meglio. Poi le avrei leccato la faccia e l'avrei fatta addormentare sul mio pelo caldo.

Odorava di quella stessa erba da cui prendeva il nome, insieme al miele e al Sole. Le sue mani strinsero la coperta, e le sue labbra si mossero leggermente nel sonno.

«Willow!» disse ad alta voce, e i suoi occhi si spalancarono di colpo.

Io mi alzai in piedi quando lei si mise seduta, mormorando. Si alzò subito dal letto, venendo verso di me con gli occhi aperti ma, in qualche modo, incapace di vedere qualcosa.

«Devo andare» disse. «Devo dare i soldi al frate.» Si asciugò la fronte con una mano tremante, e quando provò a fare un passo avanti quasi cadde per terra. Riuscì a fermarsi giusto in tempo, afferrando il bastone di una scopa per tenersi ferma. «Non posso più dormire.»

Era malata, gravemente malata, perché stava avendo un'allucinazione. Era a metà tra un sogno e la realtà.

Prendendo un bel respiro, ritornai alla mia forma umana. La magia scivolò sul mio corpo come acqua fredda, lasciandomi tremante. I suoi occhi si focalizzarono su di me, adesso uomo, e prese a tremare da capo a piedi.

«Torna a letto» le dissi, la voce gutturale. «Ci prenderemo noi cura di te.»

Feci un passo avanti, e lei si andò a nascondere dietro quell'esile pezzo di legno. «Alle suore non piacerà vedermi a letto. Devo lavorare.»

«Le suore non sono qui» ringhiai. «Non possono farti alcun male.»

«Tu mi farai del male?» sussurrò.

«Mai.» La parola lasciò le mie labbra in un gemito, la Bestia dentro di me che cercava in tutti i modi di ritrovare il controllo. «Sage...» la chiamai, addolcendo la voce, e poi lasciai perdere. Scattai verso di lei, usando la mia velocità da Berserker. La scopa cadde a terra quando la presi tra le mie braccia.

«Basta, piccola» le mormorai, mentre lei si faceva pallida e tremante di paura di fronte a me. «Non c'è motivo di continuare a nascondere la nostra forza con te, per non farti spaventare. Devi imparare ad abituarti ad essa, perché questo è ciò che siamo. E imparerai che non hai nulla da temere, qui. Che non hai più nulla da temere, da nessuna parte, perché adesso con te ci siamo noi.»

«Per favore… non voglio che tu mi faccia del male» disse lei, andando a nascondersi sotto le coperte, ancora presa dalle sue allucinazioni. «Posso lavorare, lo prometto. Sarò brava…»

«Non sei qui per lavorare, non sei qui per servirci» le dissi, togliendole la coperta dalle mani e avvolgendola intorno a tutto il suo corpo. «Sei qui soltanto per essere accudita. Non devi pensare a nient'altro se non a riposare. Dormi, Sage» le ordinai. «Chiudi gli occhi, adesso, e dormi.»

Le sue ciglia si poggiarono delicatamente sulle guance, poi si addormentò di colpo, il suo respiro regolare e calmo un'altra volta.

Mi asciugai il sudore che si era formato sulla mia fronte. Il mio cuore batteva come se avessi appena corso una maratona. Mi lasciai cadere sul pavimento con un tonfo.

Avevo combattuto milioni di battaglie, avevo visto compagni morire sul campo, perdere le loro teste, spendere anni ed anni in agonia cercando di sconfiggere la natura della Bestia dentro di loro. Ma guardare Sage perdere la cognizione della realtà durante un'allucinazione… fu abbastanza per farmi capire che amarla sarebbe forse stata la cosa più difficile che avessi mai fatto.

*Rolf? Come va?*

*Sage è al sicuro.* Gettai un altro po' di legna sul fuoco. La legna che la strega aveva lasciato all'interno della cabina rilasciava un buon odore.

*Si è svegliata?*

*Non esattamente. Ha fatto una cosa strana.*

La donna prese a tremare un'altra volta nel sonno, gemendo un po'. Poggiai una mano sulle coperte, senza neanche respirare. Dopo un momento, le linee sul suo viso si distesero di nuovo, e lei si lasciò andare ad un piccolo sospiro.

*Che cos'ha fatto?* mi chiese Thorbjorn. Sembrava impaziente.

*Ha aperto gli occhi, si è alzata, ma era convinta di essere ancora all'abbazia. Ho dovuto trasformarmi di nuovo in uomo per parlare con lei.*

*Ha detto qualcosa?*

*Ha detto che non poteva continuare a dormire, perché doveva lavorare.*

*È esattamente quello di cui parlava la strega...*

Io mi feci subito rigido, e cercai di sopprimere tutti i sentimenti che mi presero immediatamente—nausea, rabbia. Mi forzai di mantenere la calma. *Hai incontrato la strega?*

*Ha detto che la malattia che sta facendo star male la nostra compagna viene dalla sua mente. Sage porta sulle sue spalle il peso della colpa di ciò che pensa di aver fatto lì dentro. È disposta a servirci in qualsiasi modo è abituata a servire, pur di restare in vita. È tutto ciò che conosce. È convinta di dover lavorare, di dover dare il suo corpo, perché altrimenti non sopravvivrà.*

Digrignai i denti. Marciai verso la porta, quasi spalancandola completamente, riuscendo a fermarmi solo un attimo prima, quando ricordai che il rumore avrebbe potuto svegliarla e farla spaventare. I miei pugni si strinsero contro il legno in una minaccia silenziosa. Ero un uomo forte, un lupo forte. Non ero più debole, non ero più incapace di difendermi. Se qualcuno fosse venuto per me, per il mio guerriero fratello o per la mia compagna, per farci del male... li avrei distrutti.

*È rimasto qualcuno in vita, in quell'abbazia, che possiamo uccidere?*

Thorbjorn rise, un suono crudele. *Lo sai meglio di me che abbiamo ucciso chi dovevamo. Un giorno uccideremo anche i servi di quel Re malvagio, insieme a lui. Un giorno, Sage non avrà più nessun nemico da temere. Ma prima dovrà imparare a non aver paura di noi.*

*Cosa possiamo fare?*

*Ciò che abbiamo già programmato di fare. Ci prenderemo cura di lei. Le faremo vedere che teniamo a lei. Le insegneremo che lei si merita tutto, sempre. In salute, e in malattia.*

# SAGE

*I* miei occhi si aprirono piano piano. Un odore dolce, di fumo, mi riempì le narici, e le fiamme giocavano all'interno di un camino che mi era sconosciuto. Mi stiracchiai, notando in quel momento di essere coricata su un grande letto, creato da legna forte e chiara e un materasso morbido. Non c'era da stupirsi che avessi dormito così profondamente, al caldo e più a mio agio di quanto mi fossi mai sentita in tutta la mia vita. Il mio corpo era mollo, reduce del troppo sonno e della debolezza.

«Dove sono?» raschiai, la gola secca.

«Sh.» Il guerriero, Thorbjorn, era seduto sul letto, un braccio dietro le mie spalle per tenermi ferma mentre bevevo.

Io presi un sorso di quel liquido caldo, fermandomi subito quando il sapore amaro arrivò alle mie papille gustative.

«Lo so, piccolina. Un altro po'. Solo un altro po'. È un tè alle erbe. La strega ce l'ha dato per farti stare meglio.»

Sentii uno sbuffo provenire dal pavimento della capanna.

Il lupo era coricato di fronte la porta, e scuoteva la sua larga testa.

«Ti farà bene» continuò Thorbjorn, scoccando un'occhiata di fuoco al lupo, che tornò a spolpare il suo osso. «Rolf non si fida molto delle streghe.»

«Lupo saggio» dissi, prima di strozzarmi con un'altra sorsata di quel tè amaro.

Quando Thorbjorn tornò verso il fuoco io mi lasciai cadere di nuovo sul cuscino, debole. Così tanto debole. Però, almeno la mia gola non gridava più dal dolore.

«Da quanto sono qui?»

«Un giorno e una notte.» Lo vidi aggrottare la fronte, grattandosi la barba. «Il tempo va avanti in maniera diversa, qui.»

Io provai a farmi forza per alzarmi. «Che cosa intendi?»

«Stai ferma» disse Thorbjorn, ed io mi sentii congelare, perché era un ordine. Si avvicinò a me, ridando volume ai cuscini e facendomi mettere seduta piano piano, il suo tocco gentile nonostante la sua fronte fosse ancora aggrottata. Una punta leggera di grigio gli attraversava quella barba che aveva, e restai per un attimo stranita da quanto mi sentissi una bambina che veniva coccolata dal padre, in quel momento. Mi fece venire ancor più voglia di alzarmi da quel letto.

«Devi riposare, devi rimetterti in forze» mi disse. «Rolf veglierà su di te e si assicurerà che non lascerai il letto quando andrò via.»

Il lupo sbuffò un'altra volta.

«Siamo al sicuro qui, è un santuario. Il nostro tempo qui è limitato, ma se ti riposi e ti rimetti, possiamo andarcene presto senza preoccuparci di perdere cento anni qui dentro.»

«Cosa? Che intendi? Che posto è questo?»

«Rolf pensa sia Álfheimr, un posto a metà tra i mondi. Ha passato troppo tempo ad ascoltare le canzoni dei bardi.»

Thorbjorn scosse la testa, un sorriso gentile e affezionato a curvargli le labbra. Poi tornò di nuovo con la tazza in mano. Non potevo davvero oppure resistenza, in realtà, ma quella volta, quando inghiottii il liquido aveva un sapore più buono.

«Un'altra cosa» disse ancora, e i suoi occhi mi fissarono severi, le sue sopracciglia folte vicine. «Rolf ha detto che nel sonno ti sei alzata e hai provato a lasciare la capanna. Non devi farlo, Sage. La tua salute dipende dal riposo e da queste medicine. Farai come ti verrà detto. Niente di più, niente di meno.»

Io feci in modo di non far capire le mie emozioni sul mio viso, fingendomi docile, ma non riuscii a frenare il sospiro frustrato che scappò dalle mie labbra. «E va bene.»

Lui alzò un sopracciglio.

«Oh, d'accordo. Voglio rimettermi anch'io.» Mi gettai di nuovo sui cuscini, esausta. Che cosa sarebbe successo, una volta ritornata in salute? Ero la loro compagna... eppure loro mi avevano respinta quando mi ero offerta a loro. La mia esperienza con gli uomini era limitata al frate, era vero, ma non c'era modo di credere che quei guerrieri si sarebbero fatti problemi a prendersi ciò che volevano. Il frate l'aveva fatto, del resto, ed era molto meno forte di loro. Non riuscivo a capire perché loro non stessero facendo lo stesso.

Un dito toccò la mia fronte, ed io aprii di nuovo gli occhi.

«Così tanto dolore... Sage... non hai nulla da temere, qui dentro. Devi credermi... ti prego. Noi ci prenderemo cura di te.»

«Perché?» gli chiesi, senza riuscire a trovare la forza di girare intorno alla domanda. «Cosa potrei mai darvi che voi non possiate semplicemente prendere?»

«Noi non siamo come *lui*.» I suoi occhi brillarono d'oro immediatamente. Si sedette sullo sgabello accanto al letto, l'espressione tesa. «Non ci prenderemo mai nulla da te che non sia tu stessa a voler dare. Se potessi ucciderlo di nuovo per togliere tutto quel dolore che ti porti dentro, Sage, lo farei.»

«Lui era gentile con me, in un certo senso» gli dissi. «Non mi pestava così forte, a volte. Non mi lasciava a digiuno come faceva con le altre.» O mi portava via di casa.

«La tua pelle porta i segni di ciò che le sue mani ti hanno fatto. Come fa ad essere un segno di gentilezza, quello?»

Thorbjorn si alzò con una velocità tale da far cadere lo sgabello per terra. Io sussultai. Aprì la bocca per parlare, ma poi scosse la testa, le guance rosse e il petto che si alzava ed abbassava velocemente, come se avesse appena corso. «Tienila d'occhio» disse poi al lupo, prima di andarsene via.

Mi lasciai cadere per l'ennesima volta sui cuscini, desiderando solo di poter sparire. Mi ritrovai improvvisamente a tirare su col naso, le dita a raccogliere lacrime amare. Per la Dea. Avrei dovuto semplicemente stare in silenzio e dormire, per ritrovare la forza che mi serviva a compiacere i miei rapitori. Non dovevo piangere.

Un peso si poggiò sul letto. Io sussultai quando vidi il lupo mettersi su di me. Sembrò scoccarmi un sorrisetto, i suoi denti bianchi tremendamente appuntiti. Girò tre volte, le sue zampe a muoversi attentamente per non pestarmi, e quando si sedette era per metà coricato su di me. Io provai a muovermi, e sebbene il suo peso non fosse su di me abbastanza da non farmi respirare, mi aveva assolutamente incatenata al materasso. Di colpo girò il muso e mi lecco la faccia, la sua lingua ruvida a cacciare via le mie lacrime.

Nonostante tutto, mi ritrovai a ridere. «E va bene» gli dissi, allungando il braccio per giocare con le sue orecchie. «Non vado da nessuna parte. Lo prometto.»

Lui fece cadere il muso su di me, sospirando.

Ben presto mi appisolai di nuovo, scattando in avanti, svegliandomi quando Thorbjorn tornò nella capanna aprendo la porta di scatto. Il lupo gli ringhiò contro.

«Scusami, bimba. Non mi ero reso conto che stessi dormendo.»

«No, va tutto bene.»

«Ti preparo un po' di brodo, eh? Una ciotola intera, tutta per te.»

Tirò la carne e degli ossi all'interno di un enorme calderone, e poi lo mise sul fuoco.

Il lupo abbaiò.

«Sì, lo so che è il calderone di una strega» disse Thorbjorn, facendo una smorfia e alzando gli occhi al cielo. «Lo so che non ti fidi. Non mi fido neanche io, ma fino ad ora ci ha aiutati, e chi altri abbiamo a cui chiedere aiuto?»

«Ma con chi stai parlando?» gli chiesi io, confusa.

Thorbjorn si girò a guardarmi per un secondo. Poi ridacchiò. «Sto parlando con Rolf. Lui odia le streghe.»

«Ti... parla, mentre è nella sua forma da lupo?»

Il guerriero si tamburellò la mente con un dito. «Condividiamo un legame. Connette le nostre menti insieme. È così che parliamo.»

Il lupo si girò a scoccarmi un altro di quei suoi sorrisetti canini, la lingua di fuori. Fu in quel momento che mi resi conto di aver perso la sensibilità nelle gambe: il suo peso me le aveva fatte diventare di gelatina.

«Com'è possibile?»

«Grazie alla magia. Ma non chiedermi come funziona, perché questo non l'ho mai capito. Mi sono arreso tanto tempo fa, con le domande. Non so neanche perché siamo stati maledetti e trasformati in mostri.»

Restai in silenzio, abbassando lo sguardo verso il letto, pensando a tutto ciò che era successo e che avevo visto e sentito fino a quel momento.

«Non parli molto, eh? Non ti permettevano di parlare, in convento?»

Io arrossii quando mi resi conto che stava provando a

prendermi in giro. «Non sono abituata a stare a letto tutto il giorno. Mi sento un po' inutile.»

Lui scosse la testa. «Abituati allora, bambina. Perché fino a quando non starai meglio, quello sarà l'unico posto dove starai.»

Il lupo guaì leggermente.

«Posso prendermi cura di me stessa da sola» mormorai.

Thorbjorn inarcò un sopracciglio, girandosi a guardarmi. «Anche se fosse, piccolina, sarà meglio che tu non mi vada contro. Che tu stia male o meno, se disobbedisci non esiterò a prenderti sulle ginocchia.»

Io arrossi di nuovo.

Non avevo idea di cosa mi fosse preso. Al convento, non mi permettevo mai di andare contro ordini di chi aveva più potere di me. Quei guerrieri mi facevano sentire al sicuro... e quella era una sensazione pericolosa. Non avrei dovuto dimenticare che mi avevano rapita, e che il mio destino era nelle loro mani.

«Permetti ai tuoi compagni di prendersi cura di te. Segui noi, d'accordo?»

Io sospirai, appoggiandomi sulla testata del letto.

Quando il brodo fu pronto, Thorbjorn lo versò dentro una ciotola e poi si sedette sullo sgabello che nel pomeriggio era caduto per terra durante la sua sfuriata.

«Scusami per prima, comunque» mi disse. «Non volevo andarmene via in quel modo. Però forse è meglio non parlare di quel frate. Mi fa perdere la testa, pensare a quello che ti faceva.»

*Non mi faceva niente che non vorreste farmi anche voi,* avrei voluto fargli notare.

Vidi i suoi occhi assottigliarsi su di me, brillando di quel loro colore dorato, come se fosse riuscito a sentire i miei pensieri. Forse li aveva sentiti. Non c'era modo di capire cosa fosse possibile e cosa no, in quel posto magico.

«No, questo non è vero. Tra noi è diverso, Sage. Tu appartieni a noi. Non ti faremmo mai nulla che possa farti del male.»

Strinsi le labbra, girandomi a guardare dall'altra parte. Il lupo poggiò la testa vicino la mia mano, spingendola per farsi accarezzare.

Uomini che erano in grado di trasformarsi in creature così tanto belle non potevano essere davvero cattivi.

«Vieni, ragazza» disse Thorbjorn, con quella sua voce profonda eppure estremamente gentile. «Riempiamo il tuo stomaco.»

Provai ad allungare la mano per prendere il cucchiaio, ma lui l'allontanò.

«Ti darò a mangiare io.»

«Non sono una bambina.»

«No, però sei debole come se lo fossi. Non ti darò una ciotola fino a quando non sarò certo che riuscirai a tenerla tra le dita.»

Mi diede da mangiare lentamente, i suoi occhi pieni di calore. Guardò ogni singola mia pausa, ogni singolo mio movimento. Il lupo guardò altrettanto.

Quando non riuscii più a mangiare nient'altro, spostai via la ciotola. Thorbjorn mi guardò per un attimo come se fosse in procinto di costringermi a mangiare ancora un po', così, per distrarlo, velocemente gli chiesi, «Come fate a sapere che sono la vostra compagna?»

L'oro nei suoi occhi divampò.

Il lupo guaì.

«Il tuo odore» disse lui, la voce roca. «La tua dolcezza. La tua bellezza ci ha attirati, ma la vera cosa a cui non possiamo resistere è il modo in cui riesci a calmare la nostra Bestia.»

«Non so cosa vogliate esattamente da me... e cosa possa offrirvi.»

La sua mano improvvisamente si poggiò sulla mia gamba sotto la coperta, scendendo giù fino alla mia caviglia.

Quel movimento mandò un brivido eccitato per tutto il mio corpo, trovando il suo centro nel posto segreto in mezzo alle mie gambe.

Il mio cuore prese a battere forte.

«Che sia chiaro, Sage» cominciò lui, la voce bassa e roca. «Noi vogliamo *te*. Tutto, di te. Tutto quello che tu hai da offrire, tutto quello che ci vorrai dare. Ma non adesso. Per adesso, tutto ciò che faremo sarà trattarti come una bambina da aiutare e vegliare. Questo posto è a metà tra i mondi, oltre ciò che conosciamo. Abbiamo tutto il tempo che ci serve per tenerti a noi come una bimba, e farti rinascere una donna, sana e forte.»

Ringhiò, ma in quel ringhio non c'era niente di minaccioso. Solo passione.

«*Nostra*.»

* * *

ESSERE TRATTATA come una bambina significava che, anche quando avevo bisogno di andare in bagno, Thorbjorn e il lupo venivano con me per tenermi in piedi. Dovetti tenere dentro le lacrime di frustrazione e d'imbarazzo al riguardo, girando la testa quando Thorbjorn mi puliva. Poi mi riportò sul letto, ed io mi lasciai andare alle lacrime fino a quando il lupo non salì sul letto per asciugarle via con la sua lingua.

«Non devi nasconderti da noi, piccola» disse Thorbjorn, la fronte aggrottata. «Siamo i tuoi compagni. Qualsiasi cosa tu abbia bisogno, noi te la daremo. Qualsiasi.»

Io girai il viso dall'altra parte.

Ero una nullità, non servivo a niente. Certamente, una volta realizzato, quei guerrieri mi avrebbero buttata via. Non era forse vero?

Il lupo poggiò la sua testa sul mio stomaco, e prese a spingere la mia mano fino a quando non cominciai ad accarezzare il suo pelo morbido. In qualche modo, quel solo contatto riuscì a farmi sentire meglio.

Dovevo essermi addormentata perché, quando mi risvegliai, Thorbjorn era uscito e il guerriero, Rolf, era adesso nella sua forma umana, inginocchiato di fronte al fuoco con solo il suo perizoma addosso.

La vecchia Sage sarebbe arrossita da capo a piedi per colpa dei suoi pensieri impuri, ma in quel momento io mi sentivo troppo debole per curarmene.

Rolf si sporse oltre il secchio, un coltello in mano, e prese a far scivolare la lama con estrema concentrazione sul suo collo, tagliando via la barba. Come uomo, era parecchio formoso, magro ma forte, i suoi muscoli a danzare su quella pelle scurita dal Sole. Con quel suo viso bello e quel corpo liscio, era più basso del suo compagno, ma si muoveva con la stessa grazia e con la stessa forza. Dovetti sporgere la testa per continuare ad osservarlo mentre si toglieva la barba, usando il riflesso dell'acqua come fosse uno specchio. Si tagliò i capelli corti, facendo attenzione a prendere tutti i ciuffi che cadevano per gettarli nel fuoco. Quando finì, guardò dentro il secchio e sorrise al suo riflesso. Il mio cuore fece una capriola a quella visione.

«Ti piace quello che vedi?» mi chiese, senza neanche alzare lo sguardo dall'acqua.

Arrossii violentemente, gettandomi sulla sicurezza dei cuscini. La sua risatina mi seguì fino a lì. Non riuscii ad evitare di alzare lo sguardo su di lui quando lo vidi muoversi nella mia direzione, intento a stiracchiarsi fino a far scrocchiare le ossa. Il rumore mi ricordava di quei momenti in cui si trasformava.

«Cosa succede ai tuoi vestiti quando diventi un lupo?» gli chiesi.

«Mi assicuro sempre di toglierli prima della Trasformazione. Altrimenti, mi ritrovo a morderli e strapparli per liberarmene, da lupo. E quando torno alla mia forma umana, non ho nulla da mettere. Tolgo sempre anche i coltelli e le armi. Ai lupi non serve niente di tutto ciò, noi abbiamo i denti affilati» mi disse, scoccandomi un sorrisetto tutto denti che mi fece sciogliere completamente il cuore.

«Stai molto più spesso di Thorbjorn nella tua forma da lupo» dissi ancora, e non era una domanda, ma la domanda in quella frase era implicita.

Lui si limitò a scrollare le spalle. «Sono un esploratore e un tracciatore. Mi muovo più silenziosamente quando sono un lupo, ed è meglio quando devo sorprendere i nemici.»

«Anche Thorbjorn è un tracciatore?»

Lui scosse la testa. «No, Thorbjorn è un leader. Era lui a capo del colpo al convento.»

I miei occhi si abbassarono di colpo. Non avrei dovuto dimenticare che quegli uomini mi avevano rapita. Le mie amiche erano state così spaventate, durante l'attacco, le avevo sentite urlare e piangere. Chi altro aveva perso la vita, quella notte?

Un'ombra si materializzò al mio fianco. Rolf si muoveva veloce e silenzioso come un lupo anche nella sua forma umana.

«Ehi» mi richiamò dolcemente, avvolgendo il mio mento con una mano. Quei due non si facevano assolutamente nessun problema a toccarmi, eppure, invece di farmi paura, la cosa mi dava sollievo. Erano così grandi, così brutali, così pronti ad essere violenti, eppure il mio corpo era sempre pronto a sospirare ogni singola volta in cui gli veniva ricordato di quanto gentili riuscissero ad essere con me. «Thorbjorn ha fatto tutto ciò che ha potuto per assicurarsi che le profetesse fossero al sicuro.»

«Ci avete spaventate...»

Il suo pollice scivolò sul mio labbro inferiore con delicatezza. «Vi abbiamo salvato la vita, al prezzo di un po' di paura momentanea. Il fatto che ti abbiamo spaventata significa che non riuscirai mai a provare qualcosa per noi?»

Io lo fissai e basta, il cuore in tumulto, e lui dopo un po' sospirò.

«Sage... avremmo voluto tanto mandare parola del nostro arrivo prima di quella notte, ma non c'era tempo. Il Re dei Morti si stava già facendo più forte, si stava già avvicinando il momento. Se avessimo potuto comprarvi una ad una dal frate, invece di prendervi così durante la notte, l'avremmo fatto. Ma l'attacco doveva essere un segreto, altrimenti i servitori e quel frate avrebbero mandato parola al loro padrone. Anche con l'attacco pianificato così il frate è riuscito ad avvertirlo... ed è questo il motivo per cui siamo ancora qui.»

«Cosa è lui? Il Re dei Morti che menzionate spesso?»

«Un terribile nemico. Non abbiamo ancora combattuto contro di lui con le sue forze completamente rigenerate, e... io spero che il giorno non arrivi mai. Per ciò che abbiamo potuto capire, è riuscito a comprarsi il frate per far sì che raggruppasse quante più profetesse possibili in quell'orfanotrofio.»

«La maggior parte di noi, però, sono arrivate lì da bambine.»

«È plausibile che i servitori del Re dei Morti abbiano cercato donne con questo tipo specifico di magia per portare via da loro le loro figlie femmine.»

«Ma Rosalind e Aspen, per esempio... è stata la loro famiglia a darle via. Erano in due, e significava che erano due bocche in più da sfamare.»

«È possibile che le vostre famiglie abbiano accettato un qualche tipo di pagamento prima di darvi. Ma la verità è che è più probabile che il Re dei Morti abbia semplicemente trovato un modo di prendervi senza dare nulla in cambio.»

Io rimasi in silenzio. Per tutta la mia infanzia non avevo fatto altro che pensare di essere stata non voluta. Non mi era mai passato per la mente che qualcuno avrebbe potuto volermi così tanto da comprarmi o, addirittura, rubarmi via.

Vidi la fronte di Rolf aggrottarsi. «Non volevo farti innervosire o impaurire.»

Io scossi la testa. «No, non sono nessuna delle due cose.»

La sua mano scivolò dietro il mio collo, stringendo piano, e con voce bassa e dolce disse, «È inutile mentire, piccolina. Siamo compagni. Riesco a sentire ciò che senti.»

Non mi andava molto di parlare di tutta quella storia, così feci finta di niente. «E allora cos'è successo alle altre ragazze? Quelle che sono scomparse? Il frate ci aveva detto di aver trovato loro un marito.»

«Il frate le ha portate dal Re dei Morti.»

«Sono... sono ancora vive?»

Lui esitò a rispondermi, ed io seppi la risposta. Scossi la testa, mordendomi il labbro.

Le ragazze più grandi, non le avevo mai conosciute, ma... quelle scomparse di recente... con alcune di loro ci ero cresciuta. Prima di andare via erano così certe che sarebbero state mandate da un uomo ricco, pieno di potere e soldi da poter pagare una donna per sé, una vergine. Certo, alcune di loro non ne volevano sapere, ma solo alcune erano riuscite a scampare a questo destino diventando suore. Per le altre... per le altre, uscire fuori di lì e crearsi una famiglia, anche se in maniera non molto romantica, era tutto ciò che desideravano...

Ma i loro desideri non erano mai stati avverati.

Rolf mi spinse tra le sue braccia, stringendomi forte, e come per riflesso io strinsi le mie attorno al suo collo. Non potei fare a meno di tenermi stretta a lui come se da questo ne dipendesse la mia vita.

«Lo so, piccola, lo so. Il Re dei Morti usa voi profetesse per accrescere il suo potere» mi disse, accarezzandomi i capelli, la voce un sussurro basso e profondo che sentivo dritto nelle vene. «Prima di partire per venirvi a prendere, noi Berserker abbiamo giurato sulla nostra vita: mai più. Non permetteremo né a lui né a nessun altro di farvi del male. A nessuna di voi.»

Io spinsi la fronte contro il suo collo, tremando, ma a quel punto non sapevo più dire per cosa. Se paura, o sollievo, o… non lo sapevo.

«Mai più.»

* * *

Con estrema lentezza, sentii tornare le mie forze. Abbastanza da riuscire a storcere il naso quando Thorbjorn tornò per l'ennesima volta con quella tazza piena di tè alle erbe che tanto non mi piaceva. Scossi la testa.

«Piano, piccolina. Non sei grande abbastanza da poterti mettere contro di me.»

Io alzai leggermente il mento. «Beh, non è che stia provando a duellare, o cose del genere. Mi sto solo rifiutando di bere. Potrò di certo rifiutarmi di bere?»

Thorbjorn inclinò il viso di lato, un sorrisetto compiaciuto a curvargli le labbra. «Io non te lo consiglierei.»

«Perché no?»

«Perché ti punirebbe» disse Rolf dal nulla, prima di alzarsi e uscire fuori dall'ombra di quella parete su cui era stato poggiato fino a qualche secondo prima. Da un po' si aggirava per la capanna nella sua forma umana ma, in ogni caso, la maggior parte delle volte io non mi accorgevo della sua presenza se non fosse stato lui a volermi fare sapere che era lì. Anche nella sua forma umana, sembrava più un lupo, un predatore in attesa.

Io deglutii.

«Non forte. E non in modo tale da farti realmente del male.» Thorbjorn si girò a scoccare un'occhiata di fuoco a Rolf. «Non c'è bisogno di farla spaventare!»

Rolf ridacchiò, le braccia ancora incrociate sul petto. «Oh, ma lei non è spaventata. Ti sta mettendo alla prova, fratello.»

«Ah, sì?» disse Thorbjorn, guardandomi attentamente. «In quel caso, sappi che qualsiasi atto di disobbedienza riceverà risposta con il palmo della mia mano sul tuo bel sedere nudo.»

«Bevo, bevo!» dissi allora, allungando la mano per prendere la tazza. Thorbjorn ignorò completamente il mio gesto e avvicinò lui stesso il bordo alle mie labbra, facendomi bere, tenendola lì fino a quando non ebbi finito tutto.

«Brava bambina» disse, con voce profonda. Sentii i brividi corrermi lungo tutto il corpo, e d'istinto strinsi le braccia al petto e sprofondai nuovamente contro i cuscini.

«Mi sento molto più in forze adesso, dico davvero. Mi lascerete uscire, oggi?»

«Non oggi. Però magari uscirai domani. A meno che tu non abbia bisogno di andare in bagno?»

Io arrossii, e scossi la testa. Non avevo alcuna voglia di ripetere quell'esperienza. Sarei sgattaiolata fuori dalla capanna nel primo momento di solitudine che sarei riuscita a trovare.

Thorbjorn tornò da me con un secchio pieno d'acqua.

«E quello a che serve?»

«Vorrei lavarti. A meno che tu non preferisca la lingua del lupo?»

«No, grazie» dissi subito, perché avevo ricevuto abbastanza leccate che avrebbero dovuto valere come un "bagno" da durare una vita intera.

Lui mi scoccò un sorrisetto, e poi prese a far scivolare un panno bagnato sul mio collo e sulle mie orecchie.

Io mi rilassai, sospirando contro il calore del panno.

«Vorrei andare fuori» dissi.

Thorbjorn schioccò la lingua due volte. «È troppo presto.» Si girò per poggiare il secchio per terra, ed io provai a mettermi seduta sul letto, senza però riuscirci: lo trovai sopra di me, una mano sul mio petto a tenermi ferma.

«No» ordinò. «Non hai ancora abbastanza forze.»

«Per favore» dissi. Avevo già dormito una notte e un giorno e mezzo! Il mio corpo era completamente privo di forze a causa di questo, ma non potevano certamente aspettarsi di vedermi restare a poltrire per sempre?

«Eri mezza morta, Sage. Anche in questo momento, dentro il tuo corpo non hai altro se non un po' di brodo e un po' di porridge, e neanche uno dei migliori.»

Io arricciai il naso al pensiero, e Thorbjorn rise, arruffandomi i capelli. «A me sembra che la nostra compagna sia pronta a mangiare di nuovo un po' di carne.»

Rolf si fece dritto. «Allora dovremmo andare a cacciare qualcosa di buono. La renderemo bella e formosa come la figlia di un jarl.» Mi scoccò un occhiolino.

«Ma sarà meglio che tu resti a letto, mentre non ci siamo!» mi disse Thorbjorn, puntandomi un dito contro, ed io annuii.

Inutile dirlo, quando sentii i loro passi farsi nient'altro che un'eco lontana all'interno della foresta, io scattai in piedi. Piano piano andai verso la porta, dando una piccola occhiata all'esterno per assicurarmi che non ci fosse più nessuno. Era tutto vuoto e silenzioso. Alcuni rami erano fermi per terra, spezzati, come se un grosso lupo ci avesse appena messo le zampe sopra, ed io—soddisfatta—andai fuori per andare finalmente in bagno.

A metà strada, ormai vicina alla porta della capanna, barcollai un po', e dovetti tenermi stretta ad un cespuglio per restare in piedi. Mi ci volle qualche secondo per riprendermi e assorbire ciò che avevo intorno. La capanna era grossa, ben costruita, quella porta giallo chiaro a risplendere alla luce del Sole e una pila di legna già tagliata ferma ad uno dei suoi lati. Sembrava un posto in cui avremmo potuto crearci un futuro, una famiglia... un posto dove restare per sempre.

Un vento strano prese a muoversi intorno a me, portando con sé un odore floreale, ma di un tipo di fiore che non riuscivo a riconoscere. I guerrieri avevano ragione—era incantata di certo, quella foresta.

Alla fine riuscii a trovare la forza di fare quegli ultimi, piccoli passi dentro la capanna, togliendomi lo sporco da sotto i piedi prima di entrare dentro e rimettermi a letto. Mi riaddormentai quasi un secondo dopo essermi coricata.

Quando mi risvegliai, dentro il camino scoppiettava un fuoco vivo e da esso veniva fuori un odore buono e invitante di carne, che riempiva tutta la capanna.

Il mio stomaco prese a gorgogliare.

Poggiai immediatamente i piedi per terra. Nessun guerriero fuoriuscì dalle ombre per fermarmi. Mi sentii avvolgere immediatamente dall'allegria, e presi ad attraversare la stanza. Ero forte abbastanza da restare in piedi, e questo non poteva significare altro che era arrivato il momento di smetterla di poltrire tutto il giorno a letto.

Presi una delle piccole buste di tè. Mi sarei riscaldata l'acqua da sola, per prepararmi il tè, e avrei fatto vedere a Thorbjorn che ero perfettamente in grado di badare a me stessa.

Ma quando mossi un piccolo pezzo di legno all'interno del camino per fare spazio anche alla mia piccola pentola d'acqua, il calderone più grande si ritrovò a vibrare fino a quando non si rovesciò del tutto, un liquido bollente a bagnare tutto il pavimento. Io sussultai e provai a saltare meglio che potei, ma il liquido mi fece scivolare, bruciandomi le piante dei piedi.

«Sage!» Thorbjorn scattò all'interno della stanza, prendendomi in braccio e allontanandomi dal casino che avevo creato.

«Non volevo» borbottai, sentendo il bruciore pizzicare forte. «Perdonami.»

«Sh» mi disse lui, portandomi fuori, facendomi sedere su una roccia prima di cominciare ad esaminarmi. Io arrossii lievemente al suo tocco, ma lui non fece nulla per prendermi in giro, e le sue mani non mi restarono addosso per più del dovuto. Poi alzò entrambe le gambe, e aggrottò la fronte. Io chiusi gli occhi, tremando d'imbarazzo mentre lui mi esaminava i piedi.

«Hai le piante ustionate.»

«È stato il brodo caldo. Io non volevo—»

«Lo so che non volevi» mi disse, alzando una mano. Io trasalii, come pronta a ricevere un colpo. Mi ci volle qualche secondo per ricordarmi che, qui, non avrei dovuto temere simili cose.

«Piccola. Guardarmi.»

Dopo un secondo, lo feci. Le labbra di Thorbjorn erano serrate, ma i suoi occhi mi guardavano con immensa gentilezza. «Non sono arrabbiato con te, Sage. Non hai niente di cui scusarti.»

«Ho rovinato il brodo—»

«Chi se ne frega. Rolf è ancora fuori a cacciare. Per quando torna, ci sarà abbastanza mangiare da farti dimenticare che c'era qualcosa che bolliva in pentola di tutto principio.» Alzò di nuovo la mano e, quella volta, portò una ciocca di capelli dietro il mio orecchio. «Non m'interessa del brodo, del cibo, di niente, Sage. L'unica cosa di cui m'interessa è che tu stia bene.»

«Mi sentivo meglio. Pensavo di essere tornata forte abbastanza da alzare la pentola.»

«La prossima volta chiama me, d'accordo? Lo farò io per te.»

Io strinsi le labbra l'una contro l'altra, contrariata.

«Promettimelo, Sage.»

«Non mi sembra giusto restare seduta e guardarvi servirmi» dissi, gli occhi fissi sul terreno.

Lui abbassò la testa e la inclinò per potermi guardare negli occhi. «Siamo i tuoi compagni, Sage. Non ti stiamo *servendo*, ci stiamo prendendo cura di te. E anche se fosse... lo facciamo perché vogliamo. Perché ci fa stare bene farlo. Perché ci piace.» Un suo dito tamburellò sotto il mio mento, e lo sentii ridacchiare. «E adesso possiamo continuare a farlo, perché ti sei appena guadagnata qualche altro giorno in più segregata su quel letto.»

Io grugnii.

«Oh, non preoccuparti. Ti troveremo qualcosa da fare per passarti il tempo. Per adesso, però, andiamo a lavarti per bene.» Mi prese nuovamente in braccio, prendendo a camminare oltre la capanna. «Se devo essere sincero con te, stavo cominciando a chiedermi quand'è che avresti disobbedito. Me l'aspettavo, che sarebbe successo. Però, se fossi stata brava, ti avrei dato una ricompensa.»

«Davvero?»

«Davvero. E invece adesso dovrò punirti.»

Io trattenni il respiro. Non mi stava neanche guardando, però vidi il suo sorrisetto farsi più grande. Quel suo buon umore riuscii a farmi rilassare, anche se non potevo fare a meno di chiedermi di che tipo di punizione stesse parlando.

Forse non sarebbe stata così male.

Lo vidi camminare verso una piccola piscina d'acqua, fumi di vapore a fuoriuscire dalla superficie.

«Dov'è Rolf?»

«A caccia. Forse dovrei aspettare. Sono certo che gli piacerebbe, vederti punire.»

Io gemetti, e Thorbjorn rise. «Non aver paura, piccolina, non hai niente da temere.»

«Farà… male? La punizione?»

«Niente che non potrai sopportare in questo tuo stato così fragile. Ma sarà qualcosa che non ti farà venire voglia di disobbedire più.»

Non riuscivo a capire. Si comportava in maniera gioviale mentre camminava verso la piscina, con i vestiti ancora addosso e tutto.

«Aspetta!» urlai leggermente, stringendomi alle sue spalle. L'acqua mi bagnava le caviglie, calda abbastanza da non farmi neanche tremare, ma avevo addosso il mio unico indumento. Era sporco e piccolo, ma era pur sempre l'unica cosa che avevo da mettere addosso. «Che ne sarà dei miei vestiti?»

«Rolf te ne sta portando di nuovi.»

Entrò dentro l'acqua, allora, sedendosi su una roccia con me tra le sue braccia dopo esserci lavati. Io alzai le braccia per stringerle intorno al suo collo, godendomi la sensazione del suo corpo duro e forte sotto di me. Non potei fare a meno di ritrovarmi sorpresa nello scoprire che mi era mancato, stare così stretta a lui.

«Comoda?» mi chiese, la voce roca.

«Sì» gli dissi, mettendomi comoda sulle sue gambe, muovendomi fino a quando non mi resi conto che il suo membro si era indurito sotto il mio sedere.

Incontrai il suo sguardo; i suoi occhi brillavano dorati.

«Non c'è niente di cui aver paura, piccolina» disse, la voce tremendamente bassa e roca.

Continuò a lavarmi con mani gentili, pervadendo il mio corpo di brividi e scariche elettriche.

«Mettiti qui ad asciugarti un po', vado a mettere in ordine la cabina.» Mi mise giù, sull'erba, ed io mi rifeci gli occhi guardando il suo corpo meraviglioso distendersi in piedi. Gocce d'acqua gli scivolavano tra i muscoli forti. Le sue braccia erano così larghe, non sarei riuscita a coprirle neanche con entrambe le mie dita. Un uomo di quel tipo non avrebbe mai dovuto perdere tempo a guardare un'orfana come me.

Mi sorrise, e il mio stomaco fece le capriole. «Promettimi che resterai qui fino a quando non torno a prenderti.»

«Lo prometto.»

Mi diede un piccolo buffetto con il dito sul naso e poi andò via, i muscoli della schiena e del suo sedere a flettersi sotto il perizoma che indossava. Lo fissai fino a quando non sparì dietro la porta, poi riportai lo sguardo sulle mie mani, nascoste sotto l'acqua. Unasensazione palpitante prese a farsi largo in mezzo alle mie gambe.

Che cosa mi stava succedendo?

Tenni lo sguardo lontano da lui quando Thorbjorn tornò da me. Mi prese in braccio come se pesassi nulla, portandomi di nuovo dentro la capanna, poi mi tolse i vestiti bagnati e mi strinse in una coperta soffice. Mi fece sedere su uno sgabello.

«Ti riporto a letto tra qualche secondo. Prima devo darti un altro po' di medicine.»

«Oh, no, ti prego!» mi lamentai io, ripensando al sapore amaro del brodo. «Non ne ho bisogno.»

«Io penso invece che tu abbia bisogno di due dosi, piuttosto. Una per la tua malattia, ed una per le bruciature. Entrambe ti faranno stare meglio.»

«Ti prego, Thorbjorn» gli dissi, poggiando una mano sul suo braccio, accarezzando i muscoli lì. «Farò la brava.» Il mio cuore prese a battere incontrollato dentro il mio petto a quel mio momento di coraggio. Quegli uomini rispondevano al mio tocco, ed io volevo scoprire che tipo di armi avevo a mia disposizione.

Lo sguardo che mi rivolse fu carico di calore, ma poi lo vidi scuotere la testa. «Che tipo di compagno sarei se non mi prendessi cura di te? Ora» disse, togliendomi la pelliccia di dosso e gettandola sul terreno. «In ginocchio, bambina.» Con una mano ferma mi guidò sul terreno.

Io mi inginocchiai, ma tenni un braccio sul mio didietro, per coprirlo. «Così? Nuda?»

«Sì. Non ci sono segreti, tra di noi.»

Le mie guance si incendiarono immediatamente d'imbarazzo, ma non potei fare a meno di notare il brivido d'eccitazione che mi travolse in mezzo alle gambe mentre Thorbjorn mi guardava. Guardava *me*, interamente. «Thorbjorn, ti prego…»

«Sono il tuo compagno. Mi prendo cura di te. Ora silenzio. Testa in giù, e alza quel culetto in aria.»

«Cosa?» gracchiai, cercando di alzarmi, ma lui mi prese immediatamente e mi fece mettere in posizione.

«Fai come ti dico, Sage, oppure te lo faccio diventare rosso immediatamente.»

Trattenendo il respiro, mi misi in posizione, abbassando la testa per nascondere le mie guance arrossate. «Perché mi stai facendo fare questa cosa?»

«Questa è una medicina. Ti farà stare meglio.»

Avrei voluto protestare, ma sembrava così serio e non intenzionato a liberarmi, e sapevo di non poter fare nulla. Avrei potuto provare a correre verso la porta, ma… sapevamo entrambi che mi avrebbe acciuffata in un secondo, e mi avrebbe punita anche di più.

E poi… non ero in grado di resistere ai suoi comandi.

«Divarica le gambe, dolcezza.» Mi pizzicò con dolcezza

l'interno delle cosce fino a quando non poggiai le ginocchia l'uno lontana dall'altro.

«Farà male?»

«Potrebbe risultarti strano, all'inizio, ma... sei al sicuro con me, Sage. Sempre.»

Il mio corpo si rilassò immediatamente.

«Ora» continuò. «Allunga le braccia indietro e divarica quel bel culetto per me.»

\* \* \*

*Thorbjorn*

LA NOSTRA COMPAGNA era piegata a quattro zampe, il viso sulla pelliccia. Con un piccolo gemito, fece ciò che le avevo chiesto.

Le sue labbra inferiori erano leggermente bagnate. Trattenni un sorriso alla vista.

«Adesso, Sage. Apri quelle natiche per me.» Ripetei l'ordine, prendendo un'altra pelliccia e mettendola sotto il suo corpo. «Tieni questa, piccolina.»

Mi alzai per preparare l'acqua curativa, e poi esaminai il piccolo pezzo di metallo che la strega mi aveva dato, una parte a forma di bulbo, un'apertura ampia per l'acqua, e l'altra parte finale a forma di canna, stretta.

Presi un respiro profondo e poi mi girai. Proprio come speravo, Sage aveva fatto come le avevo ordinato, e tra le mani teneva divaricate le sue natiche, mostrandomi il suo piccolo buco increspato. La sentii prendere piccoli respiri tremolanti. Era imbarazzata, non c'era dubbio, ed io non potei fare a meno d'inalare quel suo odore eccitato e umiliato.

«Brava bambina» le feci le fusa, piegandomi dietro di lei.

«Ora, stai molto, molto ferma.» Le carezzai le natiche. All'inizio la sentii trasalire ma, poco a poco, prese ad abituarsi al mio tocco. Il mio cazzo si fece immediatamente duro, così tanto da minacciare di strappare i miei pantaloni. Mi aggiustai prima di intingere un dito nell'olio. Avrei dovuto divaricare il suo buco, per prepararla alla piccola intrusione.

Lasciai scivolare l'olio dal mio dito alla sua entrata esposta. La sentii trattenere il respiro, i suoi muscoli tendersi.

«Calma» le dissi, prendendo ad oliare il suo retto, entrando piano e poco. Era pulita e lucida, morbida e soffice. La sua seconda entrata si piegò al mio volere. Sentii i testicoli stringersi in una morsa, e per un attimo finalmente mi ritrovai a benedire tutti quegli anni passati a trattenere dentro di me i miei desideri più segreti. Se avessi avuto anche un pizzico di autocontrollo in meno, l'avrei spinta già sul letto e l'avrei presa.

E avrei preso tutto di lei; la sua bocca, la sua fica, il suo culo. Le avrei dato così tanto piacere da non permetterle neanche più di camminare per un giorno intero.

Ma ci sarebbe stato tempo, per quello. In quel momento, l'unica cosa che vedevo davanti a me era una paziente.

Mi trattenni dal penetrarla completamente con il dito. Invece, spinsi dolcemente, solo un po', stimolandola, facendole capire che avrebbe potuto trarre piacere dal mio tocco.

Allo stesso tempo, cominciai a sentire i suoi umori raggrupparsi tra le sue labbra inferiori. L'odore della sua eccitazione riempì l'aria. Una persona così piccola, eppure così piena di desiderio. Non doveva aver avuto molti modi di lasciarsi andare ad esso, lì in quel convento. Avrebbe imparato presto a capire che, qui, era libera di godere di qualsiasi cosa volesse.

Fino a quel momento, avremmo preso fuoco tutti nell'attesa.

*Hai bisogno di una mano?* mi chiese Rolf. Correva nella sua

123

forma da lupo, il pelo bagnato di rugiada, alla ricerca di una preda. Mi lasciai bagnare da quella sensazione di momentanea libertà che stava provando il mio guerriero fratello.

La mia mente si liberò all'istante. *Grazie.*

*Presto si sentirà meglio. E a quel punto la reclameremo.*

*Presto,* dissi, a metà tra una preghiera e un'affermazione. Quando aprii nuovamente gli occhi e tornai dentro la stanza, con la ragazza obbediente di fronte a me, l'odore della sua eccitazione sembrò darmi uno schiaffo in faccia.

Sage mi guardava da oltre la sua spalla, gli occhi spalancati e liquidi. Le avrei dimostrato che con me non aveva nulla da temere. Le avrei dimostrato che non avrebbe più dovuto aver paura di nessun uomo. Mai più.

«Ho quasi finito, piccolina. Poi ti riempirò con la medicina. La terrai dentro di te per me, fino a quando non ti dirò di lasciarla andare.» Non riuscii a trattenermi dal far scivolare un dito in mezzo alle sue labbra inferiori, accarezzandola lì, bagnandomi dei suoi umori. «Fai la brava bambina, e verrai ricompensata.»

La sentii così, a quattro zampe, tremare d'anticipazione al mio tocco. Il suo culo sembrava brillare sotto la luce del fuoco. Il mio cazzo era duro come la pietra. Mi costrinsi a concentrarmi soltanto sull'acqua da preparare, testandola per aggiungerla al brodo caldo che avevo già preparato. Le erbe avevano un odore acre. Potevo solo sperare che quella medicina non la facesse sentire troppo a disagio.

«Ti stai comportando così bene, piccolina» dissi, inginocchiandomi accanto a lei. Le mie dita trovarono nuovamente il suo buco stretto, e si fecero strada al suo interno. Vidi le sue spalle abbassarsi e alzarsi con un respiro tremolante. Poi presi la parte a forma di flauto del dispositivo che la strega mi aveva dato, e la penetrai con quella.

«Oh» gemette, muovendo il corpo.

«Stai ferma, piccolina» le ordinai, e guardai il suo corpo

obbedire immediatamente. «Puoi lasciare andare le natiche, adesso» le dissi, e aspettai che si sistemasse con le braccia sulle pellicce.

«È una punizione adeguata, pensi?» le chiesi, spingendo ancora in dentro.

«Sì» respirò, ed io risi.

«Ah, che risposta veloce... hai paura che controlli la tua fica e scopra la verità?»

«No...» rispose, allungando la parola. Le sue mani si strinsero sulle pellicce, ma mantenne la posizione.

«Calma, adesso. Lascia che ti riempia.» Spinsi in avanti l'altra punta del dispositivo, e lasciai che l'acqua all'interno entrasse nel suo corpo.

«È... una sensazione strana» disse lei, boccheggiando.

«Fa male?»

«No.» Poi, «S-sì... non lo so? Per quanto tempo deve andare avanti?»

«Qualche minuto. Stai ferma, Sage.» Le accarezzai la schiena, sentendo il suo stomaco mormorare in protesta. La mia mano libera si strinse in un pugno. Per quanto fosse stato divertente all'inizio, questa parte aveva ben poco a che vedere con il piacere, ed io odiavo farla sentire a disagio. «Lo so che non è bello. Ma ti farà stare bene.»

«Non mi piace.»

«Lo so, piccolina, lo so. Ma se hai tutta questa voglia di stare fuori dal letto, allora dobbiamo assicurarci di buttare via tutto ciò che ti fa stare male dentro, sì?»

Lei abbassò la testa. «Sì» disse, arresa. «Scusami. Farò la brava.»

«Lo so, bambina» le dissi, accarezzandole dolcemente una natica. La sentii rabbrividire al mio tocco, e un'altra ondata di piacere mi arrivò alle narici. «Non c'è niente di cui tu debba scusarti. Sei una bambina così brava. Così brava. Forse *troppo* brava, a volte» le dissi, con un sorrisetto.

«Dovresti andarci contro un po' di più, sai, così possiamo punirti. A noi piace.»

«Perché?»

«Perché è quando ti puniamo che possiamo vederti obbediente e dolce come in questo momento. Forse un po' a disagio, d'accordo, ma al nostro comando.»

«Non... non capisco.»

«È ciò che vuole la Bestia. Ha bisogno della sottomissione della donna... e tu sei l'unica che può farla calmare. Ora» dissi, riempiendola con l'ultima goccia d'acqua. «Come ti senti?»

«Piena.»

Poggiai la mano sul suo stomaco, per testare.

«No, non farlo» si lamentò lei.

«Tienila dentro. Puoi farcela.» La sua pancia era piena e morbida. Quando avrebbe espulso l'acqua, sarebbe stata pulita e vuota. Perfetta per ricevere il mio cazzo dentro di lei...

Mi ritrovai con le dita tra le sue labbra inferiori, a stuzzicarla mentre lei cercava di tenere l'acqua all'interno. Il suo corpo prese a muoversi contro la mia mano, rispondendo al mio tocco.

«Ti prego» disse, gemendo. «Non è giusto.»

«Non ti piace quando ti tocco qui?»

«Non... non in questo momento, quando... quando sono così piena» disse, facendo cadere il viso giù.

«Ti piace» le sussurrai all'orecchio. «Sei bagnata, sei pronta. Così dolce, così appagante. Ti piace avere le mie dita lì.»

«Thorbjorn» gemette. «Non riesco più a trattenerla.»

«Okay, piccola.» Tolsi la mano, resistendo all'impulso di assaggiare la sua dolcezza. «Ti aiuto a raggiungere il vaso da notte, okay? Tieniti stretta a me.»

«Puoi lasciarmi?»

«No, piccolina. Sei debole, ed io sono qui per prendermi cura di te. Sh, non c'è motivo di protestare. Sono il tuo compagno. Non c'è nulla che dovresti voler nascondere da me. Mi prenderò cura di te, sempre.»

La misi dritta, tenendola mentre utilizzava il vaso, e poi la portai di nuovo sulle pellicce, lavandola delicatamente con un panno soffice e caldo, bagnato dell'acqua calda che avevo raccolto alle sorgenti termali.

«Brava bambina» le dissi, ancora e ancora. «Sei una così brava bambina.»

Lei tenne la testa bassa e gli occhi mezzi chiusi, ma sottomessa al mio tocco. Quando finii, la presi tra le braccia e la riportai a letto.

«Adesso riposa, mentre io pulisco tutto.»

# SAGE

*E*ro coricata sul letto, sentendomi debole dentro e fuori, come se quella pulizia interna che mi era stata fatta mi avesse liberato anche della stessa voglia di lottare. Per qualche ragione, non riuscivo a smettere di tremare.

«Hai freddo, bimba?» Thorbjorn non aspettò la mia risposta prima di mettersi sul letto accanto a me. Aspettai di sentirlo stringermi a sé, ma lui si fermò con le braccia poggiate lascivamente attorno al mio corpo.

«Preferisci il lupo?»

In risposta, fui io a stringermi contro di lui, scuotendo la testa.

«Sh, piccolina. Non andrò via. Non ti lascerò mai andare.»

Per un po' restammo semplicemente lì, le sue dita a scivolare su e giù lungo il mio corpo. A volte facevano un giro più largo, andando sotto i miei seni, tratteggiando il loro contorno.

Io mi ritrovai a trattenere il respiro.

«Sei stata così brava, obbedendomi così bene.» Le sue

labbra trovarono il mio orecchio. «Voglio darti una ricompensa.»

La sua mano andò giù, dritta verso l'area sensibile in mezzo alle mie gambe. Le mie labbra inferiori tremarono. Quando ne tracciò il contorno, il mio corpo si tese.

«Che stai facendo?»

«Ti sto dando piacere» mormorò lui. «Non trattenerti, piccolina.»

Un dito prese a girare, esplorando. Io tremai, cercando di trattenere dentro ciò che stavo provando. Quando lo sentii trovare il piccolo bocciolo dorato che mandava scariche di piacere direttamente dentro il mio corpo, girai la testa verso il suo petto e mi strinsi ad esso, per trattenere i gemiti.

«Sh» mi calmò, togliendo la mano e accarezzandomi il braccio. «Non c'è nulla di cui provare vergogna, Sage. Solo piacere.»

Thorbjorn afferrò il mio mento, e le sue labbra si poggiarono morbide sulle mie. Io persi il respiro, il cuore mi balzò in gola. Non avevo mai provato niente di simile in tutta la mia vita.

«Tu appartieni a noi, Sage. Ti daremo tutto quello di cui hai bisogno.»

* * *

LE FIAMME GETTAVANO FASCI di luce sulla parete di fronte a me. Sbattei le palpebre più volte, svegliandomi al suono di voci dolci e basse sopra la mia testa.

«—contattare gli Alpha.»

«Non ha importanza. Non possiamo tornare indietro. Non fino a quando non l'avremo reclamata come si deve.»

«È pericoloso, stare lontani dal branco per tutto questo tempo.» Era la voce di Rolf, bassa e profonda.

«Non m'importa. Non m'importa di niente se non la

nostra compagna. Non voglio rischiare di tornare alla montagna senza che lei abbia i nostri marchi addosso.»

«Il branco riconoscerà il nostro reclamo in ogni caso.»

Le dita di Thorbjorn si strinsero sul mio fianco per un secondo, e poi lasciarono andare. «Non è del branco, che mi preoccupo. È di lei.»

Sussultai al dolore che mi sentii pervadere dentro a quelle parole. Non avevo dubbi che quei due guerrieri mi avrebbero reputata impura e non degna di essere la loro compagna, prima o poi, ma... non mi aspettavo che sarebbe successo così presto.

Una mano si poggiò sui miei capelli. «Sage?» chiese Thorbjorn. «Piccolina? Sei sveglia?»

Costrinsi il mio corpo a rilassarsi, a poggiarsi pesantemente sul letto. Non potevo affrontarli. Era troppo umiliante.

I guerrieri si fecero silenziosi, e alla fine, il sonno mi prese un'altra volta.

* * *

QUANDO MI RISVEGLIAI, fu a causa dei crampi alla vescica. Senza neanche pensarci, mi alzai e tolsi le coperte da sopra il mio corpo, i piedi vicini al pavimento.

«No, no!» disse Rolf, afferrandomi. «Non puoi camminare, oggi. Non fino a quando i tuoi piedi non saranno guariti.»

Digrignai i denti, ma lasciai comunque che lui mi aiutasse ad uscire. I miei piedi non facevano poi così tanto male da non permettermi di restare in piedi per qualche momento ma, dopo essermi pulita, Rolf mi prese comunque di nuovo in braccio.

«Sage, sembri stare meglio» disse Thorbjorn, spuntando da dentro la foresta, le guance arrossate. Si fermò un attimo di fronte a me, facendo scivolare una mano dietro il mio collo per lasciare un bacio sulla mia fronte. Una sensazione calda mi prese tutto il corpo, ed io abbassai lo sguardo, confusa.

Quando lo alzai un'altra volta, entrambi mi stavano guardando con un sorriso ad incurvare le loro labbra. Avevo come la sensazione che mi stessero prendendo in giro per qualcosa.

«Che c'è?» chiesi, non riuscendo a fare a meno di suonare infastidita.

«Niente» disse Thorbjorn, tamburellando un dito sotto il mio mento. «Ti ho portato una cosa.»

Mi riportarono dentro, dove Thorbjorn tirò finalmente fuori un vestito verde con delle piccole api cucite sul bordo. Rolf mi fece sedere sul letto, ed io accarezzai le cuciture. Sembrava un disegno che avrebbe potuto fare Fern.

«Che ne pensi, piccola?»

«Bellissimo, ma… è un vestito per bambini» dissi, alzandolo per fargli vedere che mi sarebbe arrivato al massimo sopra il ginocchio.

Rolf scrollò le spalle. «Tu sei molto piccola» disse.

«Io sono una *donna, adulta*» dissi, incrociando le braccia sui seni. Non importava che fossero piccoli. «Non è adatto a me.»

«Tu sei la nostra compagna. Se dovessimo volerti far andare in giro senza alcun indumento addosso, tu lo faresti e basta.» La voce profonda di Thorbjorn mi fece venire i brividi.

Io alzai il mento. «Non sono la vostra compagna. Non mi avete reclamata. Vi ho sentito parlarne.»

I guerrieri si scambiarono uno sguardo, poi ridacchiarono.

Thorbjorn afferrò la mia caviglia. La sua mano grande riuscì a prenderla tutta, e il suo pollice accarezzò il mio piede. «Non ci provocare, Sage. Potresti scoprirci avversari molto degni.»

Io provai a liberare la gamba, ma lui non la lasciò andare.

«Sono stanca di questa cosa. Ora mi alzo dal letto, da sola, e mi vado a cercare qualcosa di più appropriato da mettere, se anche dovessi cucirmelo da sola con le pellicce!»

«E se noi diciamo di no?»

Mi sentii pervadere da un brivido. Perché stavo provocando il lupo?

Non avevo mai fatto niente di così folle in tutta la mia vita.

Ma quegli uomini non mi avrebbero mai fatto davvero del male. Dentro di me, riuscivo a sentirlo. Ne ero sicura. Quella sicurezza mi diede il coraggio sufficiente a parlare di nuovo, ed un certo senso di leggerezza, un capogiro che non riuscivo a spiegare.

«Non potete fermarmi» dissi. Il che non era esattamente vero. Incombevano su di me, tutti muscoli e altezza. Se avessero voluto tenermi ferma, non avrebbero avuto alcun problema a farlo.

Mantenni gli occhi fissi su quelli di Thorbjorn, i suoi dorati, brillanti. Le sue guance erano rosse, ma il suo corpo era perfettamente fermo. In attesa.

Presi un respiro, muovendomi, provando a scivolare oltre lui, fuori dal letto. Lui mi prese immediatamente, facendomi girare e riportandomi sul letto a pancia in giù.

«Che stai facendo?» dissi, cacciando un piccolo urlo. Thorbjorn mi tenne ferma con una mano sulla parte bassa della mia schiena, e poi alzò il mio vestito con l'altra. L'aria mi colpì la pelle nuda con forza, ed io mi spinsi contro di lui più forte che potessi. «Aspetta—»

La sua mano mi schiaffeggiò una natica nuda forte quanto un pezzo di legno.

«Fermo!» dissi, scalciando le gambe.

Lui rise. «Mi piace questa stampa rossa. Così bella su questo culetto dolce. Vieni a vedere, Rolf.»

Io ringhiai sulle coperte.

«Ah, sì, molto bello. È il mio turno, ora.»

«No!» protestai, ma nel momento stesso in cui Thorbjorn si fece indietro, Rolf poggiò una mano sul mio collo, tenendomi ferma. La sua mano tracciò le linee del mio didietro, alleviando la stampa pungente che la mano di Thorbjorn aveva lasciato.

«Le piace» commentò Rolf. Un gemito scappò via dalle mie labbra. Non mi aveva ancora neanche schiaffeggiata. Per un lungo momento, lui si limitò ad accarezzare la mia natica, stringendole entrambe ad intervalli.

«Ti prego» mormorai, la voce attutita dalle coperte. Non volevo che scoprisse quanto fossi bagnata.

«Sei fortunata che sei stata male, piccolina. La Bestia dentro di noi ama vederti così. Potremmo educarti in questo modo ogni mattina e ogni sera, anche solo per vedere questi marchi meravigliosi sulla tua pelle pallida.»

Io gemetti, ma non per paura. La mia vagina era fradicia dei miei succhi. Si restringeva intorno all'aria, disperata.

Altri due colpi ed io alzai il mio didietro in aria, alla disperata ricerca delle sue mani. Rolf mi diede ciò che volevo, e il mio corpo prese a muoversi contro il letto. Mi sentivo più vicina all'apice ad ogni nuovo colpo.

«Attento» disse Thorbjorn. «Altri colpi e non potrà neanche sedersi, oggi. E, visto che non ha il permesso di stare in piedi, saremmo costretti a legarla in vita.»

«Può stare benissimo coricata sulle mie gambe.» Rolf accarezzò la mia pelle calda. «La terrò ferma io, lì.» Sul mio collo, le sue dita si strinsero.

Tremai al pensiero di essere tenuta ferma sulle cosce dure di Rolf, incapace di muovermi o di toccarmi. Avrebbe continuato a schiaffeggiarmi se avessi provato a muovermi su di lui, per trovare sollievo? Oppure ci avrebbe pensato lui, a portarmi oltre il limite?

«Una cosina così piccola e meravigliosa» mormorò lui, baciando le mie natiche, le sue guance ruvide di barba a solleticarmi la pelle. Gemetti contro il letto. I miei capezzoli si fecero turgidi, ed io li feci scontrare contro le coperte per stimolarli.

«Okay. La tua punizione è finita.»

Rolf mi tenne mentre Thorbjorn massaggiava le piante dei miei piedi con la salvia.

«Stupidina» mi disse, lasciando un bacio sulla mia fronte, facendo vibrare il mio corpo di scariche elettriche.

Io misi il broncio. Mi sarei comportata come una bambina, se loro avessero continuato a trattarmi da tale. Dicevano di volermi, e poi però mi mettevano via. Mi avevano rapita per avermi tutta per loro, solo per poi vestirmi di abiti da bambini e prendermi in giro. Una parte di me avrebbe voluto portarli a farmi mandare via, se davvero non mi volevano così tanto, se davvero non ero abbastanza come compagna. Ma l'altra parte di me voleva soltanto pregarli di legarmi al letto, di stimolarmi come Rolf aveva minacciato di fare.

Mentre Thorbjorn andava a prendere le mie medicine, Rolf tenne una mano sul mio stomaco, dentro il mio vestito, accarezzando la pelle proprio sotto i miei seni. Io mossi il mio sedere caldo dei loro colpi, e sentii il suo membro indurirsi contro di me.

«Ecco» disse Thorbjorn mentre bevevo il liquido mielato. «Vediamo tutto il resto.»

Entrambi mi aiutarono ad uscire dal mio vestito, ma quando fui nuda non fecero assolutamente nulla per coprirmi con quello nuovo. Io strinsi le braccia al petto.

«Ah, no» disse Thorbjorn, allargandomi le braccia. Era in piedi in mezzo alle mie gambe, e seduta sul letto ero all'altezza giusta per le sue mani scivolare ad entrambi i lati del mio corpo. I miei capezzoli si fecero nuovamente duri sotto i loro sguardi dorati e caldi.

Mentre Rolf guardava, Thorbjorn esplorò il mio corpo con tocchi dolci. Giocò con i miei seni fino a quando il piacere non mi annebbiò la mente, una sensazione che non avevo mai provato prima d'allora. Restai a guardarlo meravigliata, e lui poggiò due dita sulle mie labbra.

«Sei bellissima.»

Alla fine fece un passo indietro, lasciando il mio petto ad alzarsi ed abbassarsi veloce come se avessi corso una maratona.

«Lo sai» disse poi. «Se il vestito proprio non ti piace, possiamo lasciarti esattamente così.»

«No!» dissi, afferrando il vestito dalle sue mani velocemente e premendolo sul mio corpo. «Mi piace. Mi piace proprio tanto!»

Rolf mi scoccò un sorrisetto malizioso. Mi avevano appena tratto in inganno per indossare ciò che volevano loro.

«Adesso resta a letto.» Thorbjorn mi puntò un dito contro, ma senza nessuna grande autorità. «Altrimenti ti mettiamo a quattro zampe, e ti facciamo lo stesso procedimento dell'altra volta fino a quando non imparerai ad obbedire.»

Io sbuffai, lasciandomi cadere di nuovo contro i cuscini.

Avrei passato il resto della giornata a progettare la mia vendetta.

\* \* \*

La mia occasione arrivò il giorno dopo, quando Rolf prese a trottare in giro nella sua forma da lupo fino a quando non decise di ritornare umano, e sedersi su uno degli sgabelli all'angolo, un coltello su una delle mani. Dopo avermi scoccato un occhiolino, si lasciò andare all'indietro contro la parete, poggiando la testa. Lo avevo già visto fare un pisolino in quella posizione, prima, sempre a tratti, come se non riuscisse a sentirsi al sicuro abbastanza da dormire e basta.

Quando vidi i suoi occhi restare completamente chiusi, furtivamente uscii dal letto e mi acquattai verso l'angolo. La striscia lunga di pelle che aveva utilizzato per affilare il suo coltello era stata lasciata da lui su un altro sgabello. Io lo presi, e con tutta l'attenzione e il silenzio che riuscii a fare la legai intorno alle sue caviglie, facendo attenzione a non svegliarlo. Se avessi avuto fortuna, allora Thorbjorn sarebbe entrato in casa, lo avrebbe svegliato e, quando Rolf avrebbe provato ad alzarsi, sarebbe caduto per terra.

Una risatina divertita mi uscii bassa dalle labbra prima di poterla fermare, ed io mi zittii di colpo, sperando di non essere stata sentita. Quella era una delle cose che avrebbe fatto certamente Sorrel, in convento.

I minuti passarono, ed io non riuscivo ad aspettare. Però resistetti, e più passava il tempo, più mi feci stanca.

Mi resi conto di essermi addormentata solo quando sentii il letto scricchiolare sotto il peso di qualcuno.

Quando aprii gli occhi, Rolf era su di me, e aveva un sorrisetto che gli incurvava la bocca da lato a lato, i denti bianchi e affilati a brillare alla luce del fuoco. La fascia di pelle era sulle sue mani.

Si era svegliato, si era ritrovato legato, si era slegato e poi mi aveva sorpresa a letto. O quello... oppure era stato sveglio per tutto il tempo mentre io provavo a legarlo.

«Qualcuno ha voglia di essere punita di nuovo» mi disse, ed io mi sentii pervadere da un brivido. Non di paura.

Di desiderio.

Ma quando lo vidi far scattare la corda, tremai.

«Hai paura, bimba?»

Io scossi la testa. Quei guerrieri non facevano altro che assicurarsi che io stessi bene.

«No. Sono stata punita tante volte con le corde» gli dissi. «Ad una delle suore piaceva particolarmente lasciarci i segni sulle mani quando ci comportavamo male.»

Vidi i suoi occhi scurirsi. «No, piccolina» mi disse, la voce bassa e arrabbiata. «Non ho intenzione di colpirti con niente. Non è questo il tipo di punizioni che diamo. Come stanno i tuoi piedi?»

«Per lo più guariti, ormai.»

«Ottimo. Allora puoi stare in piedi. Alzati.»

Io lo feci, e quando fui in piedi lui mi fece posizionare in mezzo alle sue gambe mentre lui restò seduto sul letto.

Non mi aveva neanche toccato, eppure i miei capezzoli erano già turgidi, pronti a qualsiasi cosa stesse per arrivare.

Allungando le braccia intorno a me, Rolf fece scivolare la corda in mezzo alle mie gambe. «Tieni entrambi i lembi» mi disse, portando entrambe le mie mani su di essi, una dietro e l'altra davanti.

«Portala in alto, adesso» mi ordinò. Io presi a far alzare la corda. «Più in alto. Più stretta.»

Me la fece portare così in alto da posizionarsi in mezzo alle mie labbra inferiori. Una sensazione calda mi fece perdere i sensi. Mi sentii tremare le gambe.

«E adesso… muovila in mezzo alle tue gambe.»

«Perché?»

«Perché l'ho detto io.»

«Mi sembra un po' impossibile.»

Lui ridacchiò. «Noi siamo i tuoi compagni, Sage. Niente è impossibile.»

A quel punto, lui strinse entrambe le mie mani e, con le mie ancora tra le sue, fu lui a muovere la corda avanti e indietro, facendola scivolare in mezzo alle mie gambe.

«Oh!» sussultai, e ben presto quel suono si trasformò in

un gemito. Le mie gambe presero a tremare incontrollate. Qualcosa di selvaggio e meraviglioso prese a sbocciare in mezzo alle mie gambe, un dolore acuto ma bellissimo, miracoloso. «Che cosa è questa cosa che sento?»

«Non lo sai?» mi chiese lui, guardandomi con meraviglia. Poi poggiò un bacio sulla mia spalla, e mise le mani sui miei fianchi, spingendomi verso di lui. «È il tuo piacere, tesoro mio. E lo troverai sempre, con noi.»

Continuai a muovermi contro la corda di più, alzandomi in punta di piedi, tutti i miei muscoli tesi. Volevo contemporaneamente fermarmi e muovermi ancora più veloce, e alla fine i miei movimenti si fecero più decisi quando capii qual era la sensazione che prevaleva di più.

«Ferma, adesso» ordinò Rolf, e non aspettò che mi fermassi prima di afferrare le mie braccia.

«No, ti prego—»

«Mi obbedirai, piccolina?»

«Sì» gemetti. «Sì, farò qualsiasi cosa» gli dissi. Gli avrei dato anche la Luna, se solo mi avesse lasciato continuare.

Rolf staccò le mie dita dalla corda, ma la tenne con le sue mani ferma in mezzo alle mie gambe. «Se ti comporterai bene, ti permetteremo di utilizzare la corda per trovare il tuo piacere. Se invece ti comporterai male…» Staccò la corda con un colpo, via dalle mie gambe. «Vai a metterti in ginocchio sulle pellicce, all'angolo. Faccia al muro.»

Io esitai, perché quella punizione sembrava giusta per un bambino.

«Adesso, Sage, altrimenti ti coloro quel bellissimo culetto bianco con qualche altra fascia rossa.»

Corsi dove mi aveva detto.

Mentre fissavo la parete, sentii la porta aprirsi.

«Guai?» chiese Thorbjorn.

«Ha provato a legarmi le caviglie con questa corda mentre dormivo» disse Rolf, la voce divertita.

Uno sbuffo, e poi Thorbjorn si avvicinò al fuoco. «Che cattiva bambina che sei, Sage. Che cosa dobbiamo fare, con te?»

Quando Rolf, qualche minuto dopo, mi permise di girarmi, Thorbjorn aveva preparato ancora un'altra spurga.

Io ringhiai.

«Sh.» Non aspettò neanche che mi alzassi; fu lui a prendermi di peso e portarmi sulle sue gambe, culo in aria, e prese a stimolarmi l'ano. Mi toccava con gentilezza, ma con una facilità estrema, come se non fossi altro che un petalo di rosa.

«Non ne ho bisogno!»

«Oh, io invece penso di sì. Ogni singola volta che ti comporterai male, ti faremo questa cosa così ti facciamo tornare buona.»

«Pensavo che mi voleste così» dissi, girando la guancia per guardare Rolf, assottigliando gli occhi verso di lui.

«Vogliamo che tu ti comporti bene, ma vogliamo anche poterti punire.»

Dopo, quando tutto fu finito, Thorbjorn mi strinse in una pelliccia soffice e mi fece sedete sul suo grembo. Io mi addormentai di fronte al fuoco per un po', contenta come non lo ero mai stata prima.

«Ti stai facendo più forte» mormorò dopo un po' lui. Le sue dita mi accarezzavano il collo. «Sei mai stata così male, lì in convento?»

«Sono stata male a volte, sì, ma non in questo modo.» All'orfanotrofio, non mi lasciavo mai vedere così debole. Quando un'orfana si sentiva male, le suore le davano da mangiare cose bruttissime. Il solo saperlo era abbastanza per farci desistere dall'ammettere di avere anche solo una lieve influenza. «Non devi tenermi così, sai. Non sono una bambina.»

«Sh.» La sedia strisciò sul pavimento quando lui si alzò,

portandomi verso il letto. «Tu sei nostra, adesso. Spetta a noi scegliere come tenerti.» Thorbjorn mi rimboccò le coperte, stringendomi forte dentro di esse, e poi poggiò un bacio sulla mia fronte prima di uscire fuori dalla capanna.

«Diglielo, Rolf, ti prego» dissi al guerriero che era rimasto da solo con me. «Dì a Thorbjorn che sono forte abbastanza da prendermi cura di me stessa.»

L'esploratore scosse la testa, sorridendomi lieve. «No, non lo farò. Al mio guerriero fratello piace prendersi cura di te. Non lo priverò di questo piacere.»

Presi a scuotermi fino a quando non riuscii a liberare le braccia dalla stretta forte in cui Thorbjorn mi aveva messa sotto le coperte, e poi alzai le braccia in aria.

«Questo caratterino ti farà avere soltanto chiazze rosse sul culo» mi avvertì Rolf.

«Perché state facendo tutto questo? Dimmelo e basta!»

Passare dal vivere in un'abbazia, costantemente impaurita, mezza affamata e piena di disperazione, all'avere due enorme giganti che volevano prendersi cura di me e mi guardavano come se un singolo movimento sbagliato potesse rompermi non era molto semplice, per me. Avevo paura che non fosse nient'altro che un sogno. «Almeno prova a farmi capire...»

Rolf si sedette sul letto, facendo stendere le lenzuola. I suoi movimenti erano meno dolci di quelli di Thorbjorn, ma il risultato di essi era esattamente lo stesso. Io mi coricai di nuovo, al caldo.

«Thorbjorn è un guerriero da tanto, tanto tempo, Sage... ma prima di essere un guerriero, era stato molto di più.»

«Di più? Che intendi?»

«Aveva una moglie, una volta. Prima che la strega ci maledisse, prima che diventasse troppo pericoloso per lui restare al suo fianco. Per quello che so, quando la maledizione ci colpì fu suo fratello a prendere il suo posto per prendersi cura della sua famiglia quando Thorbjorn dovette andare via. Una parte di lui non riesce a smettere di desiderare di avere ancora una piccola cosa di cui prendersi cura.»

«Piccola cosa?» sussurrai.

Rolf annuì, sospirando. «Non si è lasciato dietro solo una moglie» disse, stringendo la mia mano, le nostre dita intrecciate in una stretta dolce. «Thorbjorn aveva anche un bambino.»

* * *

MI SVEGLIAI A LETTO, smossa e intenta a togliermi le pellicce dal mio corpo nudo.

«Sage?» Thorbjorn si avvicinò come un'ombra sul letto. Una mano ruvida si posizionò sulla mia fronte. «Stai scottando.»

«Non sto male.» Mi stropicciai gli occhi, sentendomi un po' la testa leggera. Bevvi l'acqua che mi porse. «Non è malattia, questa… è… un'altra cosa.» Il mio corpo sembrava tremare, incapace di stare fermo. Oltre la porta, l'aria fredda della notte sembrava chiamarmi a sé. Se solo avessi potuto fare quei passi verso di essa, andare fuori, trovare un posto per calmare la mia febbre…

Spalancai gli occhi di colpo. Fu in quel momento che mi ricordai della mia febbre. Mi stava prendendo, in quel momento. Non mi faceva sentire debole, no… mi faceva esplodere di desiderio, della voglia di essere toccata. La mia amica Willow aveva preso a soffrirne ad intervalli regolari, ogni volta che la Luna piena spuntava su in Cielo. La mia, invece, andava e veniva una volta ogni tanto.

«Vieni, piccolina.» Thorbjorn mi lavò il viso con un panno fresco, insieme alle mie mani. Con le sue mani delicate e gentili si prese cura di me, sul viso un'espressione così tenera che dovetti girare gli occhi dall'altra parte. Che maledizione crudele, che dava agli uomini una forza che qualsiasi altro poteva solo sognare di avere, ma al prezzo di lasciare andare qualsiasi altra cosa. L'unica ragione che qualcuno potrebbe avere per lottare.

Non c'era da stupirsi, che cercassero una cura.

Thorbjorn si coricò nel letto insieme a me, poggiandomi al suo fianco sulle coperte. «Hai comunque bisogno di riposare. Resta coricata insieme a me, e respira.»

Aspettai fino a quando i suoi respiri non si fecero regolari, segno che si era addormentato.

«Non posso...» sussurrai. «Non posso farlo.»

«Non c'è niente che tu *debba* fare per noi, Sage» mi disse Rolf, dalle ombre. Si avvicinò al letto, coricandosi accanto a me dall'altro lato. Sembrava così sicuro di ciò che diceva, ma io sapevo che era una bugia. Quegli uomini avevano bisogno di accoppiarsi con me, di essere liberati dalla loro maledizione. Quando la febbre mi avesse presa in tutto e per tutto, sarei più stata in grado di resistergli? Avrei voluto?

Tenni il viso abbassato il mattino dopo, andando avanti con la giornata in maniera quasi meccanica, provando ad ignorare le fronti aggrottate dei guerrieri.

Si meritavano più di un'orfana spaventata e rovinata, come compagna. Certamente, dopo tutti questi giorni passati a prendersi cura di me, dovevano aver notato che fossi un peso morto, no? Dovevano aver deciso di lasciarmi andare.

Riuscii ad evitare i loro sguardi fino a quando Thorbjorn non si avvicinò al letto offrendomi qualcosa da mangiare, solo per farmi alzare quando ebbi finito.

«Vieni» mi disse.

Io presi la sua mano, e non chiesi neanche dove stessimo andando. Si fermò soltanto quando raggiungemmo le acque termali. Lì, lui mi tolse i vestiti.

«Hai avuto una notte dura» mi disse, portandomi dentro l'acqua. «Ti sei mossa tutto il tempo, e hai pianto un po'.»

«Mi dispiace—»

«Non ti dico le cose perché così tu possa scusarti, Sage» mi disse, severo. «Te lo dico soltanto per farti capire perché io e Rolf ci stiamo prendendo cura di te, così.»

«Vi prendete sempre cura di me.»

«Bene.» Mi lasciò un bacio sulla fronte. «Almeno, così te l'aspetti.»

Prese un panno dalla riva, prendendo a lavarmi, cominciando dal collo e dalle spalle, e scendendo giù fino ai miei seni e giù verso lo stomaco, in mezzo alle mie gambe. Fece un buon lavoro. Così tanto che non riuscii ad evitare l'abbassarsi e alzarsi incessante e veloce del mio petto, i miei capezzoli turgidi.

«Ti va di lavarmi?» mi chiese poi.

Io presi il panno, e cominciai a passarlo su e giù sui suoi muscoli duri, tracciando la sua pelle morbida e bella, segnata da qualche cicatrice.

Le mie dita disegnarono un cerchio su un piccolo nodo nella sua pelle. «E questo com'è successo?»

«Una freccia» fece una smorfia lui. «Rolf l'ha tirata fuori. Eravamo nel bel mezzo di una battaglia. I Berserker guariscono in fretta, ma in questa freccia c'era veleno.»

«Veleno?» sussultai.

«Sì.» Lui sospirò. «Abbiamo vissuto una vita difficile, Sage... senza nessuna certezza di poter vedere un giorno arrivare la dolcezza che aspettiamo da una vita.» Prese la mia mano, poggiando un bacio sul mio palmo prima di lasciarla andare di nuovo. «Sei tu, quella dolcezza che stavamo aspettando.»

Qualcosa sembrò prendere fuoco dentro di me, nel mezzo delle mie gambe, come un secondo cuore bisognoso, desideroso, pronto ad essere toccato. Ad essere calmato.

Non riuscii più a trattenermi. Gli gettai le braccia al collo, chiudendo gli occhi prima di prendere le sue labbra sulle

mie. Spinsi il mio corpo contro il suo, muovendomi leggermente contro di lui come se volessi fondermi con esso.

Per un momento, sentii Thorbjorn andare completamente rigido. Poi, però, sembrò lasciarsi andare, e le sue
braccia si strinsero con forza intorno al mio corpo. Prese a
ricambiare il bacio, ed io gli diedi tutto ciò che gli potevo
dare, strusciando il mio corpo desideroso contro il suo, divaricando le gambe per stringerle intorno ai suoi fianchi e
spingerlo ancora più vicino a me.

Mi sentivo come in una nuvola quando lui mi alzò,
uscendo fuori dall'acqua e camminando velocemente dentro
la capanna, le sue labbra cucite sulle mie anche mentre si
abbassava per entrare oltre la porta.

La porta si chiuse con un tonfo esplosivo.

La mia schiena colpì il letto e lui venne giù con me, caldo
e duro. Io mi immobilizzai. Il suo corpo pressava contro il
mio, la sua bocca bagnata e calda su di me, a baciarmi come
se fosse un uomo a cui era stato proibito di bere da anni.

Presa dal panico lo spinsi via, e le sue braccia mi strinsero
ancora di più, tenendomi ferma.

«No!» urlai. Per un momento solo, il tempo sembrò
cambiare, il posto sembrò cambiare, e il corpo di Thorbjorn
sul mio divenne quello di un altro, il suo respiro caldo quello
di un altro, impregnato di vino, le sue dita quelle arrabbiate
di un altro, pronte a colpirmi, a stringermi.

Lo morsi.

Lui si spinse via, il labbro inferiore insanguinato. Lo vidi
toccarlo con un dito, e poi guardare quel suo stesso dito
impregnato di sangue.

Io mi tirai indietro, impaurita.

Un secondo dopo, Thorbjorn si allontanò completamente
dal letto. «Sage. Sage, guardami, piccola. Guardami. Stai
bene. Va tutto bene. Sono io. Stai bene.»

Il secondo dopo, io mi sentii come ritornare nella stanza.

I miei occhi si fissarono su di lui, e di colpo Thorbjorn era di nuovo lui, ed io mi resi conto che non stava cercando di farmi del male. Che mi aveva rapita, sì, ma che mai nella vita ero stata trattata con quelle stesse attenzioni e quelle stesse cure che Thorbjorn e Rolf, invece, mi riservavano.

«Mi dispiace» dissi, toccandomi il viso, desiderando di poter scomparire. «Oh, scusami, scusami, scusami. Mi dispiace.» Mi strinsi tra le mie braccia, tremando.

Che stupida.

Era sul punto di accoppiarsi con me.

Ed io avevo rovinato tutto.

«No, no, Sage, guardami. Non c'è nulla di cui scusarti.»

«Invece sì» dissi, e mi si mozzò il respiro in gola. «Scusami.»

«Non voglio più sentirti scusare» mi disse, spingendomi tra le sue braccia, sul suo grembo. Le sue mani presero ad accarezzarmi la schiena, ed io presi a singhiozzare.

«Vorrei tanto non essere così… non volevo, non volevo, lo giuro…»

La capanna tremò quando la porta venne spalancata con violenza, ed io mi tirai indietro, spaventata.

«Che cosa sta succedendo?» La voce di Rolf, che era entrato nella capanna, sembrava spessa e violenta. La stanza venne investita dall'odore pungente della Trasformazione—l'odore della pioggia in un giorno d'estate. «Che cosa le hai fatto?»

«Niente» disse Thorbjorn, stringendomi più forte. «La stai facendo spaventare. Calmati, Rolf.»

«Pensavo che le stessi facendo del male…» Rolf spinse le mani tra i capelli. Io piansi più forte. Era tutta colpa mia.

«No che non è colpa tua» disse Thorbjorn, ed io trasalii. Come poteva aver indovinato i miei pensieri così bene?»

«Perché mai dovrebbe essere colpa sua?» scattò Rolf.

Thorbjorn ringhiò. *Ho detto, calmati.*

«Non sono quella giusta» singhiozzai io. «Non posso essere la vostra compagna.»

«Ma di che stai parlando?» chiese uno.

«Piccolina...» mi richiamò l'altro.

Io scossi la testa. «Sono troppo debole... dovreste scegliere qualcun altro.»

«Mai, Sage.» Fu Rolf, a parlare. «È stata la nostra Bestia a scegliere. Sei tu la nostra compagna. E i nostri cuori, ormai, appartengono a te.»

# THORBJORN

*L*a piccolina era coricata nel letto, esausta dopo aver pianto. Lasciai correre le mani tra i suoi capelli setosi.

La schiena di Rolf era rigida, gli occhi fissi sulla porta. *Non dovremmo toccarla con così tanta libertà. Potrebbe non piacerle.*

*E invece le piace. Ha solo bisogno di sentirsi più vicina a noi, più connessa. Non voglio toglierle questa cosa. Lo vuole anche lei.*

Sage lasciò andare un piccolo gemito. Io poggiai una mano sulla sua schiena, e lei sembrò rilassarsi.

*Sembri essere così sicuro dei suoi pensieri...*

Mi ritrovai ad aggrottare la fronte quando ci pensai bene, come se lo avessi realizzato proprio in quel momento. *È perché io li* conosco. *Riesco a sentirla, qui dentro, sempre di più ogni giorno che passa.* Persino in quel momento, riuscivo a toccare la sua mente e sentire quanto fosse inquieta.

*I nostri pensieri, i nostri sentimenti, tutto sta cominciando a collegarsi, a farsi uno solo. È proprio come ci hanno spiegato i nostri compagni... la Bestia riesce ad avere una connessione con la sua vera natura. Quella parte di lei che è nascosta sotto tutti quegli*

147

*strati di bugie che le hanno inculcato dentro in tutti questi anni in quel convento... bugie a cui lei crede fermamente.*

*Quali bugie?*

*Bugie come il suo non essere abbastanza. O il suo non meritare nulla a meno che non sia compiacente.*

Rolf si girò a guardare la porta, la rabbia esposta sul suo viso. *Lei è compiacente.*

*È perfetta esattamente com'è... però lei non ci crede.*

Alla fine, Rolf entrò completamente dentro la capanna, avvicinandosi al letto per studiare la nostra compagna per bene. *È sempre stato difficile, per me, amare qualcosa di così fragile. Che succede se la perdiamo?*

*Se non l'amiamo, Rolf, perdiamo noi stessi.*

\* \* \*

*Sage*

RESTAI CORICATA con gli occhi chiusi, ad ascoltare i due uomini. Avevano bisogno che io rompessi quella loro maledizione. Si meritavano qualcuno che li amasse.

Quanto avrei voluto essere... migliore, in qualche modo. Mai toccata. Pura.

Che cosa avrebbero fatto, una volta resosi conto che non potevo essere la loro compagna?

\* \* \*

MI SVEGLIAI al rumore di un guaito sofferente.

Rolf era coricato per terra, nella sua forma da lupo, le zampe che tremavano e un pianto animale a scappargli dalla bocca.

Mi misi immediatamente a sedere, pronta a tirarmi fuori

dalle coperte e dal letto, e andarlo a svegliare, ma un braccio si strinse intorno alla mia vita prima che potessi farlo. Aprii la bocca, pronta ad urlare, e una mano la coprì immediatamente.

«Sono io, piccolina» mormorò Thorbjorn. «Non urlare. Stai molto ferma.»

Io annuii, calma al pensiero di avere Thorbjorn accanto a me, e lui mi liberò.

«Dovremmo svegliarlo» gli sussurrai allora. Il lupo era intento a fare suoni che mi stringevano il cuore, gli artigli a graffiare il pavimento. «Sta facendo un brutto sogno.»

«È più di un brutto sogno. Sta rivivendo i momenti che ha passato con la strega.»

Il lupo si lasciò andare ad un pianto rotto, spezzandomi il cuore. «Che cosa gli ha fatto?»

«Tante cose» disse Thorbjorn, lasciando il letto. «Cose cattive. Non ti avvicinare mai a lui quando è in questo stato, però. Non è sicuro.»

Aspettò che io annuissi, che gli facessi cenno di aver capito. Poi si inginocchiò accanto al lupo e mise le mani sul muso e sulla pancia allo stesso tempo.

Il lupo si svegliò di colpo, ringhiando, mettendosi in piedi nonostante la presa di Thorbjorn fosse forte. Un colpo di denti, e quando Thorbjorn allontanò la mano, da essa gocciolava sangue. Rolf si fece indietro, i denti insanguinati e digrignati. Mi sentii accapponare la pelle alla vista di quello sguardo felino e selvaggio, arrabbiato. Più che arrabbiato.

*Calmo, fratello,* sentii la voce di Thorbjorn dire, il suono nient'altro che un eco, ma il guerriero non aveva parlato ad alta voce. Forse l'avevo solo immaginato.

Un vento fitto, di quell'odore a cui ormai mi ero abituata, e il lupo si Trasformò. Rolf era inginocchiato nella sua forma umana, il suo corpo nudo una palla enorme di pelle.

Thorbjorn cadde in ginocchio di fronte a lui.

«La strega non è qui. Non c'è, fratello, te lo prometto. Non c'è più. L'ho uccisa io.»

Un sussulto tremolante lasciò le labbra di Rolf. Il suo corpo tremava. Lasciai il letto in quel momento, incapace di aspettare di più, di restare semplicemente lì a guardare mentre lui stava così male.

Nel momento stesso in cui i miei piedi toccarono terra, Rolf scattò in piedi, ogni singolo muscolo rigido, il corpo tremante di tensione.

«Va tutto bene» disse Thorbjorn, mettendosi tra me e Rolf. «È solo Sage. La nostra compagna.»

Per un momento, un terribile, lungo momento, Rolf si limitò a guardarmi con occhi completamente neri. Io mi sentii congelare, ferma, intrappolata in quello sguardo selvaggio.

Poi, piano piano, quello stesso sguardo si addolcì, e Rolf girò il capo verso il muro. Le sue spalle tremavano leggermente quando disse, «Sto bene. Sto bene.»

Thorbjorn si girò a guardarmi. Io lo fissai negli occhi, piena di domande da porre. Lui non disse nulla. Si limitò ad allungare la mano verso di me; quella che Rolf aveva morso. Il sangue era ancora lì, sulla sua pelle, ma non c'era nessun morso su di essa.

«Vieni» disse Thorbjorn. «Fa troppo caldo qui. Sediamoci fuori.»

Per un po' restammo semplicemente seduti, io in silenzio in mezzo ai due. Avrei tanto voluto avere il coraggio di confortare Rolf in qualche modo. Di dirgli che lo capivo. Che anche io avevo incubi così tremendi, alle volte. Thorbjorn teneva ancora stretta la mia mano, ed io avrei voluto prendere nell'altra quella di Rolf, ma non mi azzardai a provare a toccarlo fino a quando non fosse stato lui a sentirsi pronto ad essere toccato.

Alle volte, dopo momenti di quel tipo, serviva semplicemente stare da soli.

«Che cos'è quella?» chiesi, indicando una palla luminosa sospesa tra gli alberi. Thorbjorn scrollò le spalle, ma Rolf alzò il capo.

«La Luna» disse. «È piena.»

«Ma…» scossi la testa. «Com'è possibile? Siamo qui da un mese?»

«Immagino di sì» disse Thorbjorn.

Rolf non sembrava molto contento. «Non dovremmo restare qui così a lungo. Chi lo sa quanti giorni sono passati? Chi lo sa come passano gli anni?»

«La strega ha promesso di farci tornare dal branco senza aver perso alcun giorno» disse Thorbjorn.

«Cosa significa?»

«Che torneremo lì come se fossimo stati via solo per un giorno. Alcuni giorni, al massimo.»

«Ti fidi troppo facilmente, fratello» disse Rolf.

*L'abbiamo fatto per Sage.* La voce di Thorbjorn si fece largo nella mia mente, ed io mi feci immediatamente rigida. Nessuno dei due stava parlando, eppure io riuscivo a sentire l'eco dei suoi pensieri. Com'era possibile? Forse era la magia di quel posto, a permetterlo. *Non te lo avrei mai chiesto, se avessi conosciuto qualsiasi altro modo. Perdonami, fratello.*

Rolf scosse la testa. *Non è colpa tua. Spero solo di non pentircene.* Poi si alzò, e si avvicinò al fuoco che avevano acceso.

Guardai Rolf camminare avanti e indietro, tenendo sempre stretta la mano di Thorbjorn, e non potei fare a meno di desiderare di poter essere forte abbastanza per salvarli.

* * *

Mɪ svᴇɢʟɪᴀɪ tra i corpi di Rolf e Thorbjorn, due montagne giganti addormentate a entrambi i miei lati. Il calore dei loro corpi mi fece stare subito meglio, facendomi sentire al

sicuro, nascosta in un posto in cui avrei potuto semplicemente rilassarmi e dormire per sempre. Quei pensieri non
facevano altro che farmi sentire stupida, eppure loro ancora
non mi avevano lasciata andare. Invece, continuavano a cori-
carsi accanto a me, proteggendomi come se fossi la cosa più
preziosa che avessero al mondo.

Allungai una mano per toccare il braccio di Thorbjorn,
abbronzato e liscio, duro e muscoloso. Dopo un secondo di
esitazione, decisi di stringere le dita intorno ai suoi muscoli,
meravigliandomi di quanto bello fosse, stringerli così, duri
come la roccia sotto quella sua pelle soffice.

Le mie dita si allargarono il più possibile, non riuscendo
comunque a racchiudere tutto il suo braccio nella loro presa.
Era così grande e forte. Un mostro.

Il mio mostro.

Continuai ad esplorare. Il calore del suo corpo a contatto
diretto con la mia pelle non poteva significare altro se non
che avesse dormito completamente nudo se non per il suo
solito perizoma. La Trasformazione li lasciava sempre con
solo questo modesto capo addosso, mi aveva spiegato Rolf.
Alle volte, oltre questo, lasciava sulle loro spalle una mantella
fatta di pelliccia, dello stesso colore del loro pelo nella forma
da lupo.

Cercai per bene, ma oltre un leggero velo di peluria
umana sul petto di Thorbjorn, non c'era assolutamente nulla
che potesse indicare che riusciva ad essere anche un lupo. La
loro Trasformazione era davvero qualcosa di magico. Thorbjorn l'aveva chiamata maledizione. Lasciai scivolare le dita
sul suo petto ampio, facendo ciò che il mio corpo intero
voleva fare, tracciando linee e cerchi sui suoi muscoli, avvici-
nandomi sempre di più ai suoi fianchi. Il bisogno pulsava
dentro di me, facendomi trovare il coraggio di non fermarmi.

Decisi di azzardare uno sguardo al viso di Thorbjorn. I

suoi occhi erano chiusi, ma c'era l'ombra di un sorriso ad incurvare quelle labbra piene sotto la barba.

La mia mano seguì la linea a forma di V dei suoi muscoli, diretta verso il suo inguine, e i suoi occhi si spalancarono di colpo. Un bagliore dorato incontrò i miei.

«Continua così, dolcezza, e non vorrò farti fermare.»

«Forse sono io che non voglio fermarmi» gli dissi.

«Toccarmi è pericoloso. Voglio cose che… che forse in questo momento non sei in grado di dare.»

Il suo viso era teso, senza espressione. Beh, no, non esattamente senza espressione. C'erano linee intorno ai suoi occhi e intorno alla sua bocca, il suo corpo era teso.

Avrei dovuto provare paura. Forse avrei dovuto voler scappare via. Ma quei brutti ricordi che minacciavano sempre di riaffiorare restarono giù, e quando io continuai a far scivolare giù la mano, l'enorme corpo di Thorbjorn prese a tremare sotto il mio tocco.

Sorrisi istintivamente. In quel momento, ero io a detenere il potere.

Lui si mantenne fermo, ma i suoi muscoli si tesero immediatamente, le vene più pronunciate sotto la sua pelle come corde intente a tenerlo giù. Sotto la sua vita, il suo cazzo si fece lungo e duro, pronto per me. Mi sedetti sul letto, per poterlo raggiungere meglio. Quando scostai il perizoma che lo avvolgeva e lo presi in mano, Thorbjorn gettò la testa indietro, e riuscii a sentire i suoi fianchi immobilizzarsi sul letto, come stesse cercando con tutte le sue forze di non spingersi contro la mia presa.

«Non ho paura» dissi, ancora e ancora, ad alta voce. «Non ho paura.»

Abbassandomi, appoggiai le labbra sulla punta grande e rotonda del suo cazzo. Sapeva di sale, di muschio, e mi spostai soltanto per far scattare la lingua sotto il punto sensibile proprio alla fine della sua punta. I gemiti seguirono ogni mia azione, portandomi a farne altre.

Decisi di cambiare posizione; mi alzai, mettendomi sopra di lui, il viso rivolto verso i suoi piedi. Lavorai sul suo cazzo come fosse l'unica cosa in quel mondo perché, in quel momento, era davvero l'unica cosa che esisteva, per me.

I fianchi di Thorbjorn presero ad alzarsi ed abbassarsi, come pregandomi. I miei stessi punti segreti tremavano di bisogno.

Lasciai andare il suo cazzo e mi sporsi in avanti, facendo scivolare il suo membro duro in mezzo alle mie labbra inferiori, bagnandolo dei miei succhi, spingendomi avanti ed indietro contro di lui. Il suo cazzo prese a scivolare in mezzo alle mie pieghe, svegliando ogni singola parte di me, il mio corpo a pregare silenziosamente di essere riempito.

«Aspetta.» Le dita di Thorbjorn mi strinsero i fianchi. «Sono vicino. Voglio—voglio…»

La sua voce si spezzò, piena di desiderio, di bisogno. Non voleva forzarmi, ma voleva. Voleva me. Io annuii. Lo volevo anch'io.

Alzandomi, guidai il suo cazzo dentro di me. Il mio corpo prese a tremare mentre lui mi riempiva, centimetro dopo meraviglioso centimetro. Aspettai fino a quando le mie pareti interne non gli fecero spazio, abituandosi a lui.

Quando mi sedetti completamente, cacciai un urlo di piacere. Ero completamente impalata su di lui.

«Ah, questa sì che è una bella visione» disse Rolf. Mi girai a guardarlo e lo trovai in ginocchio, il perizoma andato. Il suo enorme cazzo era nella sua mano, e lo stava pompando, guardandoci. Io abbassai gli occhi per guardarlo, e mi leccai le labbra.

«Lo vuoi?» mi disse, pompandolo verso di me. Io annuii.

Rolf si alzò dal letto, mettendosi di fronte a dove io ero impalata sul cazzo di Thorbjorn. Nel momento in cui fu abbastanza vicino, io mi allungai per prendere il suo cazzo in bocca. Le sue mani si strinsero gentilmente tra i miei capelli, non per guidarmi, ma per farmi sentire che era lì. Io lasciai scivolare la mia lingua lungo il suo cazzo.

I fianchi di Thorbjorn presero a sbattere sotto di me, scopandomi. Mi tenni in equilibrio sulle mani, prendendo quanto più potessi del cazzo di Rolf dentro la mia bocca, succhiando con passione, mentre Thorbjorn mi riempiva, il suo cazzo meravigliosamente grosso a stimolare ogni singolo posto proibito dentro di me. I due uomini presero a muoversi tra di me, ed io gemetti per incoraggiarli, ancora e ancora, la mia mente completamente offuscata dal desiderio.

Dopo un po', Rolf mi tolse il piacere di succhiarlo. «Lo vuoi?» mi chiese un'altra volta, prendendo a pompare il suo cazzo.

Io annuii, impaziente.

«Scopa Thorbjorn, allora. Adesso. Su, e giù.»

Thorbjorn mi aiutò, le mani sui miei fianchi, alzandomi su e giù. Ogni singola volta che andavo giù, lui sembrava entrare ancora più in profondità dentro di me.

«Toccati, adesso» ordinò Rolf. «Trova il tuo piacere.»

Feci scivolare una mano in mezzo alle mie gambe, trovando il mio piccolo nodo segreto. Sfregando velocemente, presi a cavalcare Thorbjorn. Rolf mi fermò un attimo, liberandomi del mio vestito, e quando fui di nuovo libera presi a muovermi più velocemente, sporgendomi un po' più avanti per rimbalzare meglio sulla lunghezza di Thorbjorn, le mie dita ancora intente a sfregare il mio nodo, i miei seni che saltavano con i miei movimenti.

Thorbjorn prese il comando. Mi penetrò in profondità con violenza, e l'orgasmo mi prese, portandomi oltre il limite. Caddi sulle mie mani, sussultando. Thorbjorn prese a scoparmi con forza, facendomi vedere le stelle. Il piacere eruppe dentro di me. La mia vagina si strinse attorno al suo cazzo mentre lui usciva ed entrava dentro di me, venendo copiosamente all'interno. Caddi in avanti. Solo le mani di Thorbjorn riuscirono a tenermi sulle ginocchia.

«È il mio turno, adesso» disse Rolf, prendendo il posto di Thorbjorn dietro di me.

«Preparati» disse Thorbjorn, e in un secondo, Rolf mi penetrò all'istante, con violenza, senza neanche avvisarmi. Si tirò indietro immediatamente, solo per spingersi dentro con altrettanta forza un attimo dopo, continuando questo movimento violento da dietro di me. Fu brutale, e meraviglioso. L'orgasmo mi prese un'altra volta, lasciando il mio corpo, lasciandomi completamente senza forze. Rolf gemette ad alta voce, tenendo il mio sedere in alto, stretto con forza tra le sue dita mentre continuava a pompare con violenza dentro di me, trovando il suo piacere.

«Piccolina» mi disse, spingendosi fuori e poggiando un bacio sulle mie natiche alzate.

Insieme, i due uomini mi aiutarono ad alzarmi.

«Odori dei nostri semi» disse Rolf, baciandomi con forza. Sentii una ciocca di capelli tirata indietro, e così Thorbjorn mi fece girare verso di lui per reclamare le mie labbra.

«È stato bellissimo stare dentro di te. Dobbiamo riempirti con i nostri cazzi molto più spesso.»

«Non vogliamo più sentirti negare di essere la nostra compagna, adesso.»

Mangiammo e bevemmo, io seduta sulle gambe di Thorbjorn nel frattempo.

Dopo un po', abbassai la tazza che tenevo in mano. «Ci dovranno pur essere altre profetesse, lì fuori.» *Una che non è stata sporcata dal tocco di un altro.*

«Tu non sei sporca» disse Thorbjorn, ed io sussultai sulle sue gambe, sorpresa di vedere quanto bene conoscesse i miei pensieri.

«Perché pensi di esserlo, Sage?» mi chiese Rolf.

«È stato *lui* a dirti che lo sei?» mi chiese ancora Thorbjorn. Non aveva bisogno di dire esplicitamente chi fosse quel "lui".

«Sì. Mi chiamava puttana continuamente.»

Rolf ringhiò tra i denti.

«So di non esserlo» aggiunsi velocemente.

«E allora perché continui a dire di non poter essere la nostra compagna?»

Aggrottai la fronte di fronte la mia tazza, poggiandola sul tavolo. Mi sentii entrare in un vortice di disperazione.

«Sage… rispondimi.»

La rabbia eruppe dentro di me.

«Perché sono sporca!» urlai, piangendo. «Perché lui mi ha toccata… ed io non ho fatto nulla, per fermarlo.» Poi abbassai la voce, perché ciò che confessai dopo era uno dei segreti più brutti che avessi mai tenuto per tutta la mia vita. «Alle volte, la notte, ero io ad offrirmi a lui. Perché sapevo che lui sarebbe venuto… e l'attesa mi faceva morire.»

Le mie parole vennero seguite dal silenzio, ed io mi girai immediatamente, nascondendomi da loro.

Eccolo arrivato, il momento che tanto avevo temuto. Quello sarebbe stato l'ultimo momento meraviglioso che avremmo condiviso insieme prima di essere buttata fuori, o di essere portata indietro al convento, da sola, o… prima di essere uccisa.

Qualsiasi cosa sarebbe successa, non m'importava più. Non aveva importanza. Qualsiasi cosa avessero fatto non avrebbe mai potuto farmi più male di ciò che sentivo dentro.

«Sage, guardami.»

«No. Non voglio che voi mi vediate così.»

«Smettila, piccolina… ci stai uccidendo. Se per farti stare meglio, se per cancellare tutto quello che ti è stato fatto dobbiamo bruciare tutto il mondo, lo faremo, te lo giuro.»

Thorbjorn mi spinse sul suo grembo. Colsi in un secondo

lo sguardo fumante di Rolf prima di premere il viso contro il collo di Thorbjorn. Sapere che quegli uomini erano pronti a proteggermi a qualsiasi costo... in qualche modo, mi faceva sentire meglio.

«Non hai fatto niente di male. Niente.»

«Non volevo che lui toccasse le mie amiche. Se avesse toccato me, non avrebbe avuto alcuna importanza, ma loro...»

Thorbjorn spinse delicatamente indietro i miei capelli, per guardarmi negli occhi. «No, Sage» disse, prima di prendere le mie labbra con violenza. «No, questa è una bugia. *Tu sei importante.*»

Rolf si alzò in piedi. «Io credo proprio che ci sia bisogno di una punizione.»

«*Cosa?*» gracchiai, coprendomi il corpo con le gambe. I due uomini mi guardavano affamati. Sentii la mia vagina pulsare. Quelle loro punizioni, in qualche modo strano e perverso, mi facevano eccitare da morire. Mi facevano sentire umiliata e desiderosa allo stesso tempo. «Perché?»

«Nessuno si può permettere di insultare la nostra compagna. No, nemmeno tu.»

«Sai cosa, penso proprio che tu abbia ragione, Rolf!» disse Thorbjorn. «Dov'è quella corda di pelle?»

«No!» dissi, alzandomi dalle sue gambe e correndo. Rolf mi afferrò in un nanosecondo, spingendomi sopra il letto. Si mise in mezzo alle mie gambe, divaricandole completamente.

«Non abbiamo bisogno di una corda, per punirti» disse, scoccandomi un sorrisetto malizioso, prima di far scattare la sua lingua su e giù in mezzo alle mie pieghe già completamente zuppe.

# ROLF

*L*a nostra compagna sapeva di miele e di dolcezza. La ripulii completamente con la mia lingua, penetrandola con essa per continuare a leccare i suoi succhi. La musica dei suoi gemiti mi riempiva le orecchie.

«È questa la punizione?» sussultò.

Io alzai il viso per guardarla.

«Oh, Rolf, no, ti prego» disse, alzando i fianchi, pregando di averne di più. «Per favore, non ti fermare.»

«Ammetti di essere la nostra compagna» disse Thorbjorn.

La sua testa andò da un lato all'altro. Io lasciai un piccolo morso sul suo interno coscia, baciandolo e leccandolo. Le sue gambe presero a muoversi fino a quando io non le tenni completamente ferme con le mie mani.

«Non ti darà piacere fino a quando non lo ammetterai» l'ammonì Thorbjorn, sedendosi sul letto accanto a lei, stuzzicando i suoi capezzoli. Il suo corpo si piegò verso di lui come la corda di un arco. Altri succhi presero a sgorgare dai suoi punti segreti. Seguii la loro scia con la mia lingua, giù fino al suo ano.

«No!» squittì lei, sorpresa, provando a staccarsi da me. «Che fai?»

«Ti do piacere.» Mi leccai le labbra, tastando il suo sapore su di esse. «Non ti piace?»

«No.»

Come per cercare sicurezza, lei si spinse verso Thorbjorn, che la tradì immediatamente: la tenne ferma sul letto, prima di guardarmi. «Portami le corde.»

Con non poca riluttanza lasciai il mio posto in mezzo alle sue gambe e andai a prendere la corda, ancora oliata dei piaceri della mia donna. La spostammo più in basso sul letto, legandole i polsi sopra la sua testa.

Thorbjorn si piegò poi su di lei, succhiandole un capezzolo fino a farla gemere. «Così soffici, questi capezzoli, così perfetti.»

Io presi a baciare e leccare ogni singolo centimetro della sua pelle, cominciando dai suoi piedi e facendomi strada sul suo corpo.

«Oh, vi prego, vi prego» disse, provando a liberarsi dalla corda. Io tornai con la lingua sulla sua vagina, leccando lascivamente ogni singolo punto tranne quello che lei più desiderava. Quando le ordinammo un'altra volta cosa dire, lei per poco non urlò la sua risposta.

«Dillo. Dì, "Sono la vostra compagna"» le ordinò Thorbjorn.

«Sono la vostra compagna!» gemette.

Fu in quel momento che presi il suo piccolo clitoride tra le labbra, e succhiai con violenza. Il suo corpo si tese immediatamente, il suo petto prese a muoversi su e giù, i suoi capezzoli si sporsero in avanti dal piacere.

*Che ne dici, Rolf?* mi chiese Thorbjorn attraverso il legame, sedendosi soddisfatto.

Io non risposi. Ero troppo impegnato a divorare ogni singolo centimetro della sua dolcissima fica.

Sage era la mia medicina. E mi fu chiaro in quel momento che, per stare bene, avrei avuto bisogno di dosi copiose di lei per il resto della mia vita.

# SAGE

*I* due uomini continuarono a darmi piacere e a scoparmi fino al giorno seguente. Dormimmo un po', e quando mi svegliai fu con una bocca tra le mie labbra inferiori, che fece ripartire da capo tutto quanto. Mi fecero dire di essere la loro compagna prima di farmi oltrepassare il limite, ancora e ancora. Mi dissero che ero bellissima, e che mi avrebbero trattata come un tesoro prezioso per sempre.

Sarebbe stato così tanto facile credergli, dimenticare il mio passato, dimenticare chi ero davvero, e lasciarmi andare. Lasciarmi essere *loro*. Ma presto il nostro tempo in quel posto magico sarebbe giunto al termine, e saremmo tornati al mondo che conoscevamo.

«Come sarà, quando ritorneremo nel branco?» chiesi loro in un giorno di pioggia. Un brodo di carne cucinava dentro il calderone sul fuoco, e Thorbjorn e Rolf erano seduti di fronte ad esso, intenti ad affilare le loro armi. Io continuavo a camminare avanti e indietro all'interno della capanna, a fissare di tanto in tanto le fiamme e poi la pioggia, sentendo il bisogno di fare qualcosa.

«Abbiamo costruito una casa per te, prima di lasciare la montagna per venirvi a prendere» mi disse Thorbjorn.

Io mi fermai, le braccia incrociate sul petto. «Ma non mi conoscevate, allora.»

«No, ma speravamo di poter trovare la nostra compagna dentro l'abbazia.»

Aggrottando la fronte, mi girai dall'altra parte. La pioggia batteva incessante di fronte all'entrata di casa, la pioggia a bagnare via il fango che già si stava creando. Come si sarebbero sentiti, Rolf e Thorbjorn, una volta tornati a casa? Di fronte tutte quelle possibili donne da poter prendere come compagne? Avrebbero ancora scelto me, tra tutte? Una donna sporca, che aveva venduto il suo corpo pur di restare in vita?

Se fossi stata una donna più forte sarei uscita fuori da quella capanna e verso la foresta. Sarei scappata via, e avrei lasciato i due guerrieri alla possibilità di avere una donna migliore al loro fianco.

«Sage» mi richiamò Thorbjorn. Aveva messo via la pietra e le sue armi. «Sei davvero così iperattiva da voler andare a correre sotto la pioggia?»

«Glielo posso trovare io, il da fare» disse Rolf, ridacchiando.

Thorbjorn scosse la testa leggermente. «Oggi deve riposare.»

«No, posso fare qualcosa» dissi, guardandoli. I miei pensieri andavano completamente via ogni qualvolta i guerrieri mi mettevano a quattro zampe, ogni qualvolta li accettavo dentro il mio corpo. In quei momenti, non importava nulla se non i loro comandi.

«Non vogliamo farti stancare troppo. Devi ancora riprenderti, del resto.»

Per tutta risposta, io tolsi il vestito via dal mio corpo e lo feci cadere a terra. Sentii il cuore pompare forte dentro il petto, la mia vagina già gocciolante.

Rolf alzò la testa per sniffare l'aria, e i suoi occhi si fecero immediatamente dorati.

«Ho detto "no"» ringhiò Thorbjorn, i suoi occhi altrettanto dorati. «O forse hai bisogno che qualcuno ti ricordi chi è che comanda, qui?»

«Sì, sculacciala» ridacchiò Rolf. «Se poi continua a pregare di averci, almeno proverà di essere forte.»

Io mi leccai le labbra.

«Molto bene.» Thorbjorn si mosse sulla sedia, la lunga linea della sua erezione a spingere contro i pantaloni. «C'è qualcosa che possiamo fare per farti pensare sempre a noi tutto il tempo. Mettiti a quattro zampe, dolcezza» disse, indicando il pavimento.

«Oh no!» dissi. «No! Ogni volta che mi metto a quattro zampe, voi fate qualcosa con il mio culo.»

«Stai negando di seguire un mio ordine, bimba?» Thorbjorn si alzò, venendo verso di me con un sorriso da diavolo. Mi spinse contro di lui, afferrando gran parte della mia natica sinistra, stringendo con forza tra le dita. Io tenni dentro un gemito felice.

«Questo appartiene a noi. Ed è uno dei nostri giocattoli preferiti. E poi, a te piace quando ci giochiamo, tanto quanto piace a noi. È inutile negarlo.»

Mi afferrò, poi, e mi portò giù. Mi ritrovai coricata sul letto, i polsi legati ad entrambi i miei lati.

«Che state facendo?» chiesi, girandomi in tempo per vedere Thorbjorn darmi uno schiaffo sull'altra natica.

«A me sembra che la nostra piccolina abbia bisogno di ricordarsi chi è che comanda. E, visto che ti abbiamo fatto quella pratica tante volte e ancora non hai imparato, dobbiamo trovare una punizione diversa.»

Thorbjorn continuò a sculacciarmi fino a farmi urlare. Le

sue dita scesero spesso in mezzo alle mie pieghe, raccogliendo i miei succhi. Io gemetti, umiliata.

«Così eccitata. È così che sappiamo che appartieni a noi. Ti eccita il nostro tocco, ti eccitano anche le nostre punizioni.»

Io mossi il mio didietro per provare a scacciare via il dolore. «Non mi piace, invece.»

«Io penso che invece ti piaccia.» Continuò a giocare con me, facendomi tremare. «Ora.»

Olio prese a cadere sul mio ano. Io pressai il viso contro il letto, aspettando quella solita sensazione brutta. Thorbjorn fece scivolare un dito dentro di me, ma quando lo tirò fuori non lo rimpiazzò con il solito attrezzo. Al contrario, mise dentro qualcosa di freddo e liscio.

«Che cos'è?» chiesi, allungando il collo per vedere dietro di me. Lui mi aiutò ad alzarmi.

«Questo ti riempirà tutto il tempo, tenendoti pronta per noi. Un giorno prenderemo anche il tuo culetto, scopandoti proprio lì.»

Prese a pompare quella pietra strana fuori e dentro di me, divaricando il mio buco e riempiendomi di una strana sensazione. Piccole fiamme di piacere presero ad alzarsi dentro di me, eccitazione mista a tanto, tanto imbarazzo.

«Questa è una cosa sbagliata» dissi, il viso rivolto verso il letto.

«È ciò che desiderano i tuoi compagni.» Spinse più in fondo il plug e, con un ultimo schiaffo sul culo, mi tolse le corde dal polso e mi aiutò ad alzarmi.

«Questo è quanto?» chiesi, immediatamente portando il braccio indietro per tirare fuori il plug. Thorbjorn afferrò immediatamente il mio polso. «Che c'è? Non vorrete tenermi questo coso dentro tutto il giorno?»

«Tutto il giorno *e* tutta la notte, se necessario.»

Rolf rise alla mia espressione orripilata. «Oh, non provare

a fingere che non ti piaccia. Riesco a sentire la tua eccitazione da qui.»

E, certo, non potevo negarlo: i miei capezzoli turgidi erano prova abbastanza delle sue parole. Strinsi le gambe l'una contro l'altro, provando a nascondere quanto bagnata fossi.

«Puoi sederti con me» mi disse Thorbjorn, prendendo di nuovo il suo posto sullo sgabello. Ma quando il mio culo toccò il suo ginocchio, il plug sembrò raggiungere una profondità maggiore, stimolandomi di nuovo. Scattai in piedi.

«No» dissi, e il calore mi salì immediatamente sul viso, colorando le mie guance di rosso.

«Che succede, Sage?» mi chiese Thorbjorn. Rolf prese a ridacchiare dietro di lui.

«Mi riempie troppo.» Le mie pareti si strinsero intorno alla pietra liscia e dura.

«Non puoi toccarti.» Thorbjorn afferrò le mie mani un'altra volta. «Altrimenti ti lego e ti costringo a sederti per tutta la sera.»

Provai a sedermi un'altra volta, e gemetti, a disagio.

«Tieni, piccolina.» Thorbjorn mi guidò verso una pelliccia distesa sul pavimento. «Siediti qui, in qualsiasi modo sia confortevole.»

Incrociai le gambe, tenendomi in equilibrio su un fianco. La posizione mi faceva comunque stringere intorno al plug, un costante ricordo del modo in cui quei due uomini mi possedevano. Mi tenni a Thorbjorn con un gemito. Lui mi scostò i capelli prima di riprendere la pietra.

«Cosa volete che faccia?» chiesi.

«Non pensare, Sage. Rilassati e basta. Voglio che tu faccia solo questo.»

La pioggia continuò a cadere per tutta la notte, ma i miei pensieri si erano acquietati. Ogni qualvolta la preoccupazione provava a farmi perdere il respiro, il plug dentro di me mi ricordava dei due uomini al mio fianco e del loro potere su di me, della loro protezione, ed io mi calmavo.

Quando il bisogno si fece insopportabile, io mi strinsi contro la gamba di Thorbjorn. Le mie dita trovarono il suo cazzo, la linea dura sotto i suoi pantaloni di pelle. Accarezzai la sua lunghezza, stuzzicandolo, guardandolo crescere più duro e più grande sotto i miei occhi.

«Sage» ringhiò lui, avvertendomi.

Io mi leccai le labbra. «Posso darti piacere» gli dissi.

«Lo so che puoi, piccolina. Voglio solo essere certo che tu sia pronta. Un giorno, ti faremo pregare di darti piacere, di darlo anche a noi.»

«Oh, ti prego, ti prego. Vi sto pregando adesso.»

«Vieni qui, Sage.» Rolf si sbarazzò un'altra volta delle sue armi. Io gattonai felice verso di lui. «Ciao, piccolina» mi disse lui, con un sorriso. «Vieni. Succhia me.»

Presi il mio posto in mezzo alle sue gambe.

«Vai piano» mi ordinò. «Sii delicata. Leccami qui» disse, prendendo in mano i suoi testicoli. «Fino a quando non ti dico di andare da un'altra parte.»

Con gli occhi pesanti, la bocca soffice, obbedii agli ordini, facendo scattare la mia lingua sulla sua pelle salata mentre Rolf mi accarezzava i capelli. Avrei potuto dargli piacere in quel modo per ore, se avesse voluto.

Alla fine venne, spruzzando il suo seme dentro la mia bocca.

«Dolcezza» mi chiamò, e quando alzai gli occhi e vidi l'espressione sul suo viso, mi sentii saltare il cuore fino in gola. Non avrei mai dimenticato la dolcezza nei suoi occhi. L'avrei ricordata per sempre, e così avrei potuto fingere di essere bellissima, e voluta, e preziosa. Pura.

«Sage, vieni qui.» Thorbjorn mi chiamò a sé. Io mi mossi verso di lui, zampettando contenta sulle mani. I due uomini tenevano sempre il pavimento pulito, ed io in quella posizione mi sentivo così piccola, bassa e protetta. Con loro non avevo bisogno di tenermi sempre in guardia, di difendermi, di prepararmi al colpo. I miei compagni mi avrebbero protetta.

Diedi piacere a Thorbjorn con la bocca fino a quando questa non prese a farmi male. Lui mi diede la possibilità di fare delle pause, mandandomi a prendere un po' di vino e qualche bicchiere. Io li presi ad uno ad uno, tenendoli con la bocca.

«Brava bambina» mi disse, e quella frase mi fece venire brividi di piacere. Poi strinse le dita tra i miei capelli, e avvicinò le mie labbra al suo cazzo un'altra volta. Io tenni il mio corpo rilassato, lasciando che fosse lui a guidarmi. Mi sentivo piccola e al sicuro in quel pavimento, a servire loro vino mentre loro parlavano di battaglie in tempi passati, che avevano già vinto. Avrei potuto sedermi lì, ai loro piedi, senza provare alcuna paura.

«Succhi molto bene» mi disse poi. «Vieni, siediti sulle mie gambe.»

Mi fece stendere a pancia sotto, prima, per rimuovere il plug, e poi mi fece sedere per darmi da mangiare. Quando finimmo, io presi a far strusciare i capezzoli sul suo petto, e guardai i suoi occhi farsi sempre più brillanti di passione. Le sue mani mi strinsero il sedere, accarezzando la pelle soffice e nuda sotto il piccolo vestito. Le sue dita trovarono molto presto la mia entrata, tenuta pulita e depilata da lui stesso, e prese a stuzzicare il mio ano. Quella stimolazione costante nel mio didietro mi teneva sempre sensibile lì, e il piacere si espanse in tutto il mio corpo come se mi avesse appena toccato da un'altra parte.

«Ti prego» gemetti.

«Cosa vuole la mia piccola bambina?»

«Voglio questo.» Gli toccai il cazzo, facendo scivolare il dito per tutta la sua lunghezza.

«Allora in ginocchio, e pregami di dartelo.»

Mi inginocchiai immediatamente, figa bagnata, e presi a lasciare piccoli baci lungo le sue gambe prima di spostare il perizoma da un lato per toccare la sua punta. Thorbjorn inspirò con forza, e fu quello a dirmi quanto mi voleva.

Mi diede il permesso con un cenno del capo, ed io mi feci più vicina, facendo scivolare la sua lunghezza tra le mie mani.

«In piedi» disse, afferrando i miei capelli. Io mi alzai. Tenendomi a lui, divaricai le gambe prima di sedermi sulla sua lunghezza, impalandomi a lui.

Rolf venne dietro di me, facendomi sporgere completamente su Thorbjorn, e poi riempì la mia seconda entrata con due dita, tenendomi aperta. Io presi a tremare su Thorbjorn, piena da tutte le parti e stimolata fino a perdere la testa.

La sensazione era troppo da sopportare, e mi lasciai cadere contro il petto di Thorbjorn, trovando il mio piacere, raggiungendo l'orgasmo. I due uomini mi portarono sul letto.

La tempesta continuò ad andare avanti per giorni, ma lì, con i miei due uomini, dentro quella capanna, io cominciai a perdere la concezione del tempo. I miei guerrieri mi riempivano con il plug ogni singola mattina, e poi mi scopavano fino a farmi perdere i sensi tutte le notti. Eravamo entrati in questo stato perfetto in cui c'eravamo solo noi, la tempesta, e la nostra piccola capanna. Il nostro mondo; non esisteva nient'altro.

* * *

MA NON SAREMMO POTUTI RESTARE LÌ per sempre. La tempesta, eventualmente, si fece più lieve, lasciando solo una piccola pioggerella dietro di sé. Un vento selvaggio arrivava dalla foresta, portando con sé un odore acido e strano. Oltre gli alberi, il Cielo era diventato di un colore a metà tra il viola ed il grigio. A volte, durante la notte, un fulmine squarciava il Cielo, facendomi rabbrividire.

«C'è della magia, qui fuori» disse un giorno Rolf. Continuava a camminare avanti e indietro per tutta la capanna, e si rifiutava di lasciarla per andare a cacciare. Durante la notte restava a dormire nella sua forma da lupo, e ci svegliava continuamente con i suoi pianti. Provai più volte ad andare da lui, ma Thorbjorn mi fermò ogni singola volta.

«Dobbiamo fare attenzione e prenderci cura di lui. I suoi sogni tornano sempre ai tempi in cui è stato tenuto prigioniero dalla strega. Quando dorme, lui non è più qui con noi.»

Il giorno dopo tornò la tempesta, la più brutta fino a quel momento. I guerrieri non mi permisero di andare fuori, e non ci andarono nemmeno loro. Stava per finire tutto il cibo che avevamo. Io mi addormentai, e quando chiusi gli occhi seppi che stava arrivando ormai il momento di andare.

Fu Thorbjorn a svegliarmi. «Vieni, piccolina.»

Mi portò all'interno della foresta. Era notte fonda, ma una luce ci illuminava il cammino.

Rolf non era con noi.

«Non siamo molto lontani.» Thorbjorn mi prese in braccio e si piegò quasi a metà per correre più velocemente all'interno di un tunnel. Il posto puzzava di chiuso. Io strinsi le braccia con forza attorno al suo collo, desiderando di essere forte abbastanza da non dover essere portata come un peso, ma invece capace di correre insieme a lui, magari con un'arma in mano. Entrammo nel fitto della foresta, una nebbia strana ad avvolgere tutta l'isola, grande abbastanza da oscurare quasi completamente la Luna.

«Siamo ritornati.» Vidi il viso di Thorbjorn bagnarsi di

sollievo. «La Luna è ancora piena. Non è passato neanche un giorno.»

«O questo, oppure è passato tutto un secolo» disse Rolf, asciutto. Era seduto su una roccia, in attesa del nostro arrivo, le braccia incrociate al petto. Erano passati giorni dall'ultima volta in cui l'avevo visto.

«No, l'aria sembra la stessa.» Thorbjorn mi poggiò finalmente a terra, ed io non aspettai neanche di essere completamente libera prima di scattare verso Rolf.

«Sei tornato!» dissi.

«Sì» rispose lui, afferrandomi e stringendomi a sé. Le linee intorno alle sue labbra e ai suoi occhi sembravano essersi accentuate, ma aveva un'espressione sollevata che combaciava con la mia.

«E ora che facciamo?» chiesi poi, guardando entrambi.

«Ora, torniamo a casa.»

## ROLF

*L*a pioggia aveva continuato a cadere per giorni. Io ero rimasto dentro la capanna, all'inizio perché al lupo non piaceva particolarmente bagnarsi, e poi perché la foresta sembrava essersi tinta di una strana magia oscura.

L'odore che il vento portava verso di noi dagli alberi mi faceva vedere cose. Ricordi.

La strega che ci aveva Trasformati in mostri era bellissima. Aveva lunghi capelli biondi che teneva sempre legati in una treccia lungo la schiena. Metà di noi si ritrovò completamente innamorato di lei per quando alla fine arrivò il momento considerato propizio per lei maledirci. Chiamò a sé un branco di lupi, uccidendoli tutti, forzandoci poi a bere il loro sangue. Ricorderò per sempre il modo in cui la sua mano si era stretta intorno al mio polso, costringendo la coppa verso la mia bocca. La magia mi aveva annebbiato i sensi, un sapore amaro in bocca, come peste e locuste.

Quando mi risvegliai, ero un lupo. La magia della strega ancora mi avvolgeva, stretta intorno la mia stessa anima. Fu una Luna prima che Thorbjorn mi ritrovasse.

All'interno di quella capanna, continuavo a ricordare quel

momento. E più la tempesta si faceva brutta, più la strega tornava ad infestare i miei ricordi. Fu allora che mi trasformai in lupo, e pregai Thorbjorn di andare via adesso, prima che la strega con cui aveva stretto un patto cambiasse idea e ci rinchiudesse in quella foresta come suoi animali domestici.

Non riuscii a respirare a dovere fino a quando non scappammo via da quello strano mondo parallelo. La nebbia magica ancora oscurava l'isola—la magia del Re dei Morti. Non potevamo parlare con il branco, ma conoscevamo la strada di casa. Ci saremmo arrivati presto. Poi, forse, una volta a casa avrei potuto trovare la mia libertà tra le braccia della mia compagna.

Eravamo ormai vicini alla montagna, a casa, al riparo, quando ci imbattemmo in un gruppo di Uomini Grigi.

# THORBJORN

*S*tate *indietro!* mi urlò Rolf attraverso il legame. *Tienila lontana.*

*Non possiamo restare fermi dentro questa nebbia!*

*Se vi avvicinate, arriverete dritti tra le grinfie degli Uomini Grigi. Il Re dei Morti sta ancora cercando le sue spose.*

*Non siamo stati via troppo a lungo, a quanto pare.*

*Non troppo, ma abbastanza.* Rolf condivise con me un'immagine di ciò che vedeva davanti ai suoi occhi, dei Draugr intenti a camminare oltre il suo nascondiglio.

*Come diamine ha fatto a trovare questo numero alto di servitori?* Strinsi forte Sage tra le mie braccia. «Stai ferma, piccolina. Molto ferma e molto, molto silenziosa. D'accordo?»

Lei si limitò ad annuire, impaurita.

*La sua maledizione deve aver preso villaggi interi, Trasformandoli tutti secondo la sua volontà.*

*Dobbiamo ucciderlo. Non farà altro che farsi più forte, se non lo facciamo.*

*Prima di tutto, dobbiamo mettere in salvo la nostra compagna,* mi ricordò Rolf. *La nostra priorità, al momento, è questa.*

*Sono d'accordo.* Arrivammo vicini ad una grotta e ci

174

nascosi lì, stretti contro i cespugli e le rocce. C'erano Uomini Grigi a valle, sotto di noi, facendo il giro dei pozzi d'acqua alla nostra ricerca. *Riesci a metterti in contatto con gli Alpha?* chiesi ancora a Rolf.

*Continuo a provarci, ma il contatto è bloccato. Siamo da soli.*

Feci stringere Sage dietro le mie spalle, prendendo poi ad arrampicarmi sulla parete. Se non potevamo andare dritto, ci saremmo allontanati da quel corpi camminanti in un altro modo.

Sage si lasciò andare ad un gemito di paura dietro di me.

«Tieniti forte, piccolina.» Mandai una preghiera alla Dea, facendole sapere quanto avesse significato, per me, poter avere tutte quelle settimane in quel mondo magico con la mia compagna, permettendole di rimettersi in salute.

Eravamo quasi arrivati in alto, quando la puzza di morte m'invase le narici. Una faccia grigia apparve di fronte a noi, sulle nostre teste, e quasi persi la presa sulla roccia nel mio intento di nasconderci. Portai Sage di fronte a me, nascondendola con il mio corpo. Mi scivolò un piede. Sage tenne dentro un urlo, stringendomi forte, tenendomi fermo. Mi ritrovai appeso su una mano, e non potei fare altro che sperare che gli Uomini Grigi sopra di noi non guardassero al di sotto del precipizio su cui si erano fermati.

*Thorbjorn! Stai bene?*

Riuscii a trovare nuovamente un posto per il mio piede, e così ripresi equilibrio. *Sì, sto bene.* Presi a muoversi sul lato della parete di roccia, muovendo Sage sempre di fronte a me fino a quando non trovammo un piccolo sentiero.

*Stiamo bene. Abbiamo trovato un modo per salire, ma gli Uomini Grigi ci stanno aspettando al di sopra.*

*Se tu sei riuscito a trovare un modo per salire, loro possono riuscire a trovare un modo per scendere,* mi disse Rolf.

*Lo so... lo so. Siamo completamente circondati. Non possiamo andare da nessuna parte.*

*Abbiamo bisogno di una distrazione,* disse lui e, nel momento stesso in cui lo disse, io realizzai il suo piano.

*Rolf! No!*

Mi ci volle solo uno sguardo verso giù per vedere il mio compagno Trasformarsi in un mostro, preparandosi ad attaccare i nostri nemici.

Prima che Rolf potesse muoversi, però, Sage d'improvviso scappò via dalle mie grinfie, correndo lungo il sentiero.

# SAGE

*C*orsi lungo il sentiero della montagna, più veloce che potessi per distanziarmi da Thorbjorn. Di fronte a me, figure inquietanti si muovevano all'interno della nebbia, e la loro puzza di marcio mi arrivò dritta alle narici.

Gli Uomini Grigi si fermarono di colpo quando mi videro spuntare nel sentiero. Numerose braccia presero a divaricarsi, come se mi stessero aspettando, come se volessero vedermi saltare lì in mezzo. Nel movimento, la loro pelle prese a staccarsi dal corpo, lasciando solo ossa alla vista.

Dovetti costringermi con tutte le forze a non scappare via, a non urlare di orrore.

«Sage! Cosa stai facendo?! Fermati!»

«Prendetemi» urlai al primo degli Uomini Grigi di fronte a me. «Se li lasciate in pace, se li lasciate andare via, potete prendermi. Verrò con voi, ma loro andranno via senza neanche un graffio.»

Gli Uomini presero a muoversi in avanti, diretti verso i miei compagni e me, ed io mi fermai di colpo. Guardandomi intorno velocemente, trovai una roccia e ci salii sopra. Ero sul bordo del precipizio.

«Un altro passo verso di loro, uno solo, e lo giuro, mi butto. Fate loro del male e non mi avrete mai.»

Una luce lampeggiò di fronte agli Uomini Grigi. Davanti a loro emerse una figura con addosso un elmo, più alta di tutti loro, alta quasi come un Berserker, ma molto più magra. Scheletrica. Alzò una mano fatta di nient'altro che ossa, e un vento putrido si fece strada verso di me.

«Me in cambio della loro libertà» urlai a quello spettro. «Abbiamo un accordo?»

La figura annuì.

«Sage, scappa!»

Due mostri presero a correre lungo il sentiero verso di me. Le lacrime minacciarono di strozzarmi del tutto.

Quei due uomini avevano fatto tutto ciò che era in loro potere per prendersi cura di me. Era arrivato il mio turno.

«Andate a casa» urlai loro. «Vivete la vostra vita. Trovate una compagna che vi meriti, che possa farvi stare bene, che sia forte abbastanza.» *Una compagna che sia pura, intoccata. Qualcuno che possa darvi tutto ciò che meritate, perché è molto più di me.* «Andate!»

Mani fredde si strinsero intorno alle mie braccia, spingendomi indietro. Io non riuscii a sentirle, non riuscii a vedere niente tranne Rolf e Thorbjorn intenti a correre verso di me.

Gli Uomini Grigi intorno a me presero ad andare avanti, armi spiegate.

«*No!*» urlai, girandomi verso la figura scheletrica. «Lo avevi promesso!»

Vidi le sue dita avvicinarsi a me, e in quel momento sentii il vento che arrivava con quel movimento. Lì, in quel momento, capii subito che sarebbe bastato un tocco per portarmi via da lì, per tele trasportarmi in un posto sconosciuto, dal quale non sarei mai più uscita.

Cominciai a dimenarmi per liberarmi, allora, scalciando

contro gli Uomini Grigi che mi tenevano stretta. La vecchia Sage era debole e piccola, ma avevo passato settimane a mangiare bene, a respirare l'aria magica dell'Altromondo. Se non mi fossi liberata, Rolf e Thorbjorn sarebbero morti. A causa mia.

Un ringhio acuto si levò nell'aria in quel momento, un grido di rabbia e dolore. I miei compagni, intenti a correre contro gli Uomini Grigi.

Riuscii a liberarmi dalle loro grinfie, cadendo per terra. Un coltello cadde proprio accanto a me, ed io lo afferrai immediatamente, tagliando le gambe che mi ritrovavo davanti, gattonando via verso la libertà, di nuovo verso il precipizio.

Mi alzai un'altra volta, il coltello sulla mia gola.

«State lontani» urlai con tutta la mia voce. «Fateci passare, oppure pongo fine a tutto. Voi non mi avrete mai, e i miei compagni dedicheranno il resto della loro vita a finire la vostra, se io vado via.»

La figura scheletrica alzò una mano.

La nebbia era ancora lì ma, in qualche modo, io presi a vedere chiaramente.

«Voi non avete alcun potere su di me» gli dissi. «Non potete prendere la mia testa. I miei compagni sono con me.»

Gli Uomini Grigi si fecero più vicini. Io feci un passo indietro, i miei piedi ad inciampare sulle rocce, e quasi riuscii davvero nell'intento di tagliarmi la gola. Il coltello mi lasciò un graffio, e la vista del sangue dovette essere abbastanza per convincere gli Uomini Grigi che non stavo scherzando. Che mi sarei tolta la vita davvero.

Gli Uomini Grigi fecero cadere le armi. Quelli più vicini ai mostri ebbero la peggio, la rabbia di Thorbjorn e Rolf a spezzarli completamente durante la loro corsa verso di me. Quando arrivarono, la figura scheletrica scomparve di colpo.

«Sage!» Il mostro che era Thorbjorn mi prese tra le braccia, e in un attimo stava correndo, e correndo, e correndo. Non ci fermammo fino a quando non vidi un'enorme montagna di fronte ai miei occhi.

Solo a quel punto allentai la presa sul mio coltello.

Quasi urlai quando vidi delle figure scure emergere dalla nebbia intorno a noi.

«Calmati» mi disse Thorbjorn, la voce scura. «Sono i nostri compagni.»

File di Berserker presero posto accanto a noi, accompagnandoci. La nebbia si fece più lenta, abbastanza da permettermi di vedere il lupo di Rolf correre davanti a noi. Scomparve all'interno della foresta, e le guardie attorno a noi sembrarono dissolversi altrettanto, lasciando me e Thorbjorn da soli. Sulla sua fronte c'era una striscia ormai asciutta di sangue. La tolsi via, aggrottando la fronte a tutti i segni sulla sua schiena.

«Sei ferito…»

«Guarirò» ringhiò ancora, il viso una maschera di pietra. I suoi occhi guardavano dappertutto, tranne che su di me.

Sentii il bisogno di riportare quegli occhi su di me e così gli presi le guance tra le mani, accarezzandole. «Mi dispiace. Ho fatto quello che dovevo, per salvarvi.»

Lui cambiò la mia posizione sulle sue braccia, facendo cadere via le mie mani dal suo viso senza neanche una parola.

Mi sentii pervadere da una brutta sensazione, che si strinse intorno al mio cuore.

Una costruzione apparve all'interno del fitto degli alberi, fatta di legno. Le radici degli alberi creavano come un tappetino di fronte l'entrata. Thorbjorn marciò silenziosamente verso la porta, mettendomi giù.

«Thorbjorn? Dov'è Rolf?»

«È andato via. Deve parlare con gli Alpha. Devo anche io.»

«Thorbjorn» lo richiamai, quando vidi che stava per andare via senza dire nient'altro. «Mi dispiace. Mi dispiace davvero. Io… non potevo perdervi.»

Lui non fece altro che girarsi dall'altra parte.

«Thorbjorn! Ti prego!» piansi. «Per favore, fermati. Parla con me.»

«Resta dentro la casa» mi ordinò. «Manderò qualcuno a trovarti» disse, gli occhi ancora lontani dai miei.

Mi mancò il respiro, e con un singhiozzo gli dissi, «Non mi lasciare!»

Il suo viso scattò in alto immediatamente. I suoi occhi si attaccarono ai miei, un lampo dorato. Aprì la bocca, ma poi scosse la testa e andò via, portando con sé le grandi porte di legno della casa. Le chiuse così forte da far tremare l'intera abitazione.

Io mi strinsi su me stessa, e feci l'unica cosa che potevo fare.

Piansi.

* * *

La porta cigolò e si aprì mentre io ero coricata come morta sul letto.

«Sage?» mi chiamò una voce familiare. Una giovane donna fece capolino dalla porta. La luce del Sole le colorava i capelli del colore dell'oro, una treccia sul suo capo come una corona.

«Hazel?» chiamai di rimando io, alzandomi. La gola mi bruciava, per colpa di tutte le lacrime. «Sei proprio tu?»

«Sage!» disse allora lei, spingendo la porta. Io alzai il braccio sugli occhi, per ripararmi dalla luce del Sole, e fu in quel momento che lei mi gettò le braccia al collo.

«Oh, Sage, sono così contenta che tu sia qui!»

«Hazel» mormorai, ancora persa, mentre lei mi stringeva. «Pensavo che tu fossi morta...»

Lei si allontanò, il viso arrossato, i capelli selvaggi, e qualche altra lentiggine in più sul suo viso abbronzato. «Devo ammettere di esserci andata vicina. Ma un Berserker mi ha salvata dalle grinfie del Re dei Morti. Ero proprio dentro la sua tomba. Ho sentito che la tua fuga è stata altrettanto terrificante.»

Io mi allontanai, sentendo il bisogno di sapere qualcosa su Rolf e Thorbjorn. «Che cosa hai sentito?»

«I tuoi compagni hanno detto agli Alpha che siete stati circondati dagli Uomini Grigi nel momento stesso in cui siete usciti dall'abbazia. Poi avete chiesto aiuto ad una strega, e avete trovato rifugio in un altro mondo per qualche settimana. È vero?»

«Sì... lo è.»

«Wow... assurdo. E poi, quando siete usciti di lì per tornare a casa, vi siete ritrovati completamente circondati da Uomini Grigi?» chiese ancora, tremando. «Fortuna che avevi i tuoi compagni, con te.»

«Loro non sono i miei compagni» dissi. Le azioni di Thorbjorn l'avevano reso chiaro. Non volevano avere più nulla a che fare con me.

Hazel inarcò un sopracciglio, ma non disse nulla.

«Io...» Deglutii. «Io non so cosa sono per me.»

«Non vuoi essere la loro compagna?»

«Non lo so.» Mi sentivo pesante, come se il mio corpo intero si fosse trasformato in pietra. Oh, quanto desideravo lo facesse anche il mio cuore, e invece quello continuava a battere, dolore ad ogni pulsazione.

Hazel si mise diritta. Sembrava così diversa rispetto alla ragazza che ricordavo in abbazia. Più forte, più sicura di sé. Il suo sguardo era chiaro e forte, la sua pelle sembrava brillare.

«Se non vuoi scegliere loro, il mio compagno parlerà con gli Alpha. Non ti forzeranno a stare con loro.»

«Non è questo… è che non so cosa devo fare. Ho rovinato tutto… Oh, Hazel» dissi, chiudendomi di nuovo in una palla, lasciandomi andare alle lacrime. «Loro mi odiano.»

«No, Sage, no…» Hazel mise le braccia intorno al mio corpo, mormorando parole gentili. «Perché dici così?»

Le dissi ciò che era successo, come avevo deciso di rischiare la mia vita per salvare la loro, come loro si erano ritrovati ancora una volta a salvare la mia, invece.

«Ai nostri compagni non piace vederci in pericolo. Ma, Sage, in ogni caso dovranno reclamarti di fronte all'interno branco. E vogliono certamente farlo, altrimenti non saresti qui, in questa casa, capisci? Questa casa è stata costruita da loro appositamente per la loro futura compagna. Non saresti qui, se non ti volessero, se non ti amassero. Saresti nella capanna insieme a tutte le profetesse a cui ancora non è stato trovato un compagno.»

Per un attimo mi sentii pervadere dalla speranza, ma poi andò via di nuovo. «E allora dove sono? Perché non sono qui? Perché non sono con me?»

«Thorbjorn è dovuto andare dagli Alpha per raccontare loro tutto. Il Re dei Morti è in grado di recidere il legame tra il branco. Un paio di Berserker sembrano essere scomparsi, e gli Alpha non riescono a raggiungerli attraverso il legame. Rolf è andato di nuovo nelle foreste per cercarli.» Fece una smorfia. «Knut mi ha detto che Thorbjorn ha chiesto di essere mandato fuori con lui.»

«L'ha fatto?» chiesi, e tutte le mie paure vennero confermate in quel momento. «Non mi vogliono» sussurrai, più a me stessa che ad Hazel.

«Oh, Sage…» Hazel mi abbracciò di nuovo. «Io invece sono certa che loro non vorrebbero stare da nessun'altra parte se non qui. Ma in questo momento, il branco ha bisogno di loro. Knut mi ha detto che Rolf è l'esploratore migliore che hanno. Ha senso che gli Alpha gli abbiano dato questo compito, e lui sia andato a cercare il resto del branco per riportarli tutti a casa. Sono in tanti che mancano ancora.»

«Lo capisco…» Non potevo essere egoista, immaginavo, e davvero capivo la situazione… ma li volevo lì, con me. «Che mi dici delle nostre amiche, invece?» mi costrinsi a chiederle, sebbene la mia mente fosse completamente piena di pensieri verso i miei due guerrieri e nessun altro.

«Willow è al sicuro. Lei e i suoi due compagni torneranno presto. Non so ancora del resto delle nostre amiche. Penso che anche Laurel sia stata reclamata.» Si fermò un'altra volta. «Knut ha detto che una profetessa di nome Laurel adesso è con i suoi compagni, chiamati Ulf e Haakon.»

Mandai una preghiera silenziosa per Laurel. Anche se, se i suoi guerrieri erano dolci e attenti come lo erano i miei, non aveva bisogno di nessuna preghiera. E la invidiavo, a quel punto, perché in quel momento lei poteva averli al suo fianco.

Hazel aggrottò la fronte, concentrata, la testa inclinata di lato, come se stesse ascoltando qualcosa che io non potevo sentire. Poco dopo, il suo guerriero gigante entrò dalla porta di casa, il suo sguardo rivolto verso il campo.

«Tu e Knut… voi parlate attraverso la mente?» le chiesi.

Lei sbatté le ciglia, ritornando da me. «Sì. È il legame di coppia che lo permette.»

«Capisco» dico, sentendo un'altra coltellata dentro il petto. Una volta lasciata la capanna della strega, io avevo smesso di sentire Rolf e Thorbjorn dentro la mia testa. Era ancora un altro segno di quanto io non fossi degna di loro.

«Non è molto semplice, all'inizio» disse Hazel, afferrando le mie mani. «Ho così tante cose già da dirti, anche se ho trovato il mio compagno solo pochi giorni fa. Posso anche presentarti alcune spose Berserker. Ci sono quattro sorelle, qui. Le prime profetesse che sono state trovate dai branchi.»

Non avevo alcuna voglia di sentire di matrimoni felici e compagni contenti mentre Rolf e Thorbjorn erano via.

E se non fossero mai tornati? Se fossero tornati, ma non mi avessero voluta? Se fossero stati uccisi? Tra le tre cose, non riuscivo a capire quale fosse la peggiore.

I miei occhi si offuscarono di lacrime un'altra volta, ed Hazel scattò in piedi.

«Okay, basta con le chiacchiere! Hai bisogno di un bagno. Ti sentirai molto meglio, dopo» disse, accarezzandomi i capelli. «Vieni. Non ti va di farti trovare bella e profumata, per quando torneranno i tuoi compagni?»

Io trattenni le lacrime, annuendo mesta.

Hazel mi tenne impegnata per tutto il resto del pomeriggio, riscaldando l'acqua, riempiendola di bollicine.

Quando vide quanto corto era il mio vestito arricciò il naso, così sporco e puzzolente, ma io le impedì di gettarlo via. Erano stati Rolf e Thorbjorn a darmi quel vestito e, anche se all'inizio lo avevo odiato, era adesso la cosa più preziosa che possedessi. Lo lavammo e lo stendemmo ad asciugare, e quando anche io fui finalmente pulita Hazel mi passò un vestito giallo di una seta soffice e meravigliosa, e poi prese tutto l'occorrente per sistemarmi i capelli in una bellissima treccia.

Ad un suo segnale silenzioso, il suo compagno portò dentro altra legna da ardere. Knut era un guerriero alto e dalle spalle larghe, con un viso segnato da alcune cicatrici.

Io mi allontanai da lui, ma a malapena lui mi rivolse uno sguardo, anche se, al contrario, trovava sempre una scusa per toccare la sua compagna, le sue mani grandi ad afferrare dolcemente i suoi fianchi quando entrambi si abbassarono per sussurrarsi qualcosa. Le poggiò un dolce bacio sulle labbra, poi, prima di andare via.

«Knut andrà a chiedere agli Alpha quando i tuoi compagni potranno tornare. Vieni.»

«Non posso. Devo restare qui. Thorbjorn me l'ha ordinato.»

«Thorbjorn ti ha lasciato nelle mani di Knut.»

«Ma se neanche mi guarda.»

«Oh, non ha niente a che vedere con te. Knut non vuole insultare i tuoi compagni parlandoti. Per farlo, aspetterà che ti reclamino ufficialmente. E anche in quel caso, comunque, ti parlerà soltanto quando loro saranno presenti.» Hazel alzò gli occhi al Cielo. «Con la situazione delle loro Bestie, sono molto protettivi. Knut non vuole neanche che io guardi gli altri guerrieri.»

«Capisco» dico, il cuore ancora in una morsa dolorosa.

«Vieni con noi. Andrà tutto bene. Penso che Knut abbia un piano. Stringiti forte a me.»

Addosso aveva un collare, Hazel, un anello d'argento simile a quelli che avevo visto addosso alle braccia di molti guerrieri Berserker, l'unica differenza il fatto che lei, invece, lo indossava intorno al collo. Knut tenne le dita strette intorno ai suoi fianchi. Hazel, invece, durante il nostro cammino tenne le sue dita strette intorno alle mie.

Ci avvicinammo all'enorme falò acceso, le fiamme alte fino alla grande montagna.

Guerrieri si muovevano intorno a noi, alcuni con addosso delle armi e un'armatura di pelle, altri nudi e intenti a muoversi verso gli alberi. Fasci argentei di pelo catturavano i miei occhi da dietro i cespugli, guerrieri nelle loro forme da lupi, intenti a fare la guardia alla zona.

Con Knut a farci da guida, molti uomini presero a girarsi per guardare durante il nostro arrivo.

Hazel tenne la testa abbassata, girandosi a guardare solo me o Knut. Io feci lo stesso.

Quando passammo oltre un gruppo fitto di Berserker,

uno di loro, alto e muscoloso, si avvicinò a noi, la sua mano ad accarezzare il bordo della mia manica.

Io tremai al contatto, allontanandomi, e Knut gli ringhiò contro. Il guerriero abbassò la mano. Knut si fermò per fissare il gruppo di Berserker con uno sguardo di fuoco, e tutti quanti si fecero da parte.

«Va tutto bene» mi mormorò Hazel. «Vedi? Knut ti terrà al sicuro. Puoi fidarti di lui, te lo prometto.» Le sue dita strinsero le mie un'altra volta.

Ma quando arrivammo finalmente vicino al falò, un enorme guerriero bloccò il passo di Knut.

«Benvenuti, tu e compagna.»

Knut alzò il mento, mormorando un saluto.

«E chi è questa bellezza? Adesso ti prendi due profetesse come compagne, quando il resto di noi sono alla disperata ricerca di averne almeno una?»

«Non è colpa mia se non sei stato scelto per accompagnare il gruppo di guerrieri verso il convento» gli disse Knut. «Ma no, comunque, io ho solo una compagna. Lei è amica della mia, e viene dal convento. Thorbjorn e Rolf l'hanno reclamata.»

Il guerriero sniffò l'aria. «Non porta con sé il loro odore. Se appartiene a loro, perché non sono qui?»

«Perché sono in missione fuori, per gli Alpha.»

Il guerriero si sporse oltre Knut, e mi scoprì a guardarli. «Vedi qualcosa che ti piace, piccola sposa? Se vuoi qualcuno che ti riscaldi il letto mentre aspetti i tuoi uomini, ti farò questo favore.»

Io distolsi subito lo sguardo, stringendomi ad Hazel, che strinse un braccio intorno alle mie spalle.

«Lasciala in piace» ringhiò Knut, e guidò me ed Hazel più avanti, lontani dalla folla. Sedemmo su alcune grandi pietre e mangiammo della carne che Knut portò da noi. La gente intorno al fuoco si fece di più. Una bellissima donna dai capelli biondi spuntò ad un certo punto dal sentiero vicino la montagna, accompagnata da due enormi guerrieri. Camminava con la testa alta, non abbassava lo sguardo verso nessuno.

Hazel mi pizzicò il fianco. «Loro sono i due Alpha del branco Lowland.»

«Ci sono due branchi?»

«Sì! Il Vichingo dai capelli biondi che vedi lì è il loro leader, mentre l'altro è il secondo in comando, ed il suo fratello guerriero. Hanno portato la loro compagna qui, quando il Re dei Morti è stato scoperto.»

«Gli Alpha hanno deciso di fondere i due branchi insieme, adesso» disse Knut, sporgendosi in basso verso di noi. Non mi guardò, né parlò direttamente con me, ma parlò ad alta voce quando, invece, avrebbe potuto dire tutto ciò direttamente alla sua compagna tramite il collegamento che univa le loro menti. «Con le forze di entrambi, avremo più possibilità di proteggere le profetesse.»

Eravamo abbastanza lontani, speravo, da non poter essere scoperta a fissarli apertamente.

Uno dei due aveva i suoi lunghi capelli biondi acconciati in una treccia. L'altro aveva le braccia completamente coperte di tatuaggi. Ma fu la donna in mezzo a loro a richiamare la mia attenzione.

Non era particolarmente alta, ma era la sua presenza, la sua aurea a richiamare l'attenzione. Con un solo gesto i suoi due compagni le furono vicini, abbassando la testa per poterla ascoltare.

«Chi è quella donna?»

«Sabine, la loro compagna. È una profetessa estremamente potente, quasi una strega. È riuscita a domare la Bestia dell'Alpha, Ragnvald, mentre lui era ormai mezzo matto, consumato dalla sua ira, e tenuto in catene all'interno di una caverna.»

«È questo il grande potere delle profetesse» disse Knut sopra di noi, facendomi spaventare. Non pensavo che stesse ascoltando. «Un singolo tocco, e la Bestia si assopisce immediatamente. Con voi qui noi stiamo riscoprendo una pace che non sentivamo da secoli.»

Poggiò la mano dietro il collo di Hazel, un tocco di reclamo, ma estremamente dolce.

Lei allungò il braccio, coprendo la sua larga mano con la sua, molto più piccola.

Sabine e i suoi compagni si mossero verso il fuoco, i guerrieri a fare spazio per farli passare, e andarono a scegliersi un posto dove sedere. Gli uomini lì vicino li salutarono con calore, avvicinandosi a loro soltanto con le teste abbassate. L'Alpha coperto di tatuaggi ricevette della carne e del vino da un guerriero rispettabile. Offrì il bicchiere di vino all'Alpha, che lo accettò e lo tenne stretto tra le dita, dita da bardo, dita da persona che era nata nella nobiltà, non di un guerriero.

L'Alpha con i tatuaggi portò la bionda via dal fuoco, facendola sedere su una roccia vicino a dove eravamo seduti noi. La luce delle fiamme danzava sui loro visi, quello di lei orgoglioso, superbo, quello suo serio. Lei allungò la mano per prendere la carne, ma lui scosse la testa. Con movimenti veloci ma pieni di grazia, come un uccello, la donna di nome Sabine si sedette con le mani in grembo ed aspettò. Poi venne imboccata direttamente dal suo compagno.

I suoi occhi brillavano e le guance erano completamente rosse, ma accettò ogni singolo morso. Quando alzò la testa, vidi la luce delle fiamme attorcigliarsi sul metallo che portava intorno al collo.

Aveva indosso un collare, non dissimile da quello che anche Hazel portava.

Un'altra coppia si fece avanti, un guerriero barbuto in avanti, e due dietro una donna. Mi ci volle un momento per realizzare che erano lì tutti insieme.

«Sorelle» sussurrò Hazel al mio orecchio. Eccole le due sorelle, le profetesse potenti che erano riuscite a placare completamente le Bestie.

Sembravano donne assolutamente normali.

Un urlo si levò nel Cielo. Io mi feci rigida. I guerrieri intorno al fuoco presero a fare versi di felicità e darsi pacche sulla schiena.

«Leif e Brokk sono tornati» ci disse Knut. «Insieme alla loro compagna.» Scoccò ad Hazel un sorrisetto prima di tirarle leggermente una ciocca di capelli.

«Qual è il suo nome?»

«Willow.»

Hazel ed io ci scambiammo un'occhiata. Avremmo trovato la nostra amica Willow contenta dei suoi due compagni?

«Ulf e Haakon sono tornati adesso.»

«Possiamo vedere Laurel? E Willow?» dissi io immediatamente.

Hazel guardò Knut con occhi dolci, preganti. Lui poggiò il bicchiere di vino via e la portò in mezzo alle sue gambe, accarezzandole il viso prima di portare le sue labbra su quelle di lei.

Io distolsi lo sguardo, non volendo guardare quel loro scambio privato di affetto.

«Certo che sì» disse Knut. «Certo che potrete vedere le vostre amiche. Vi aiuterete a vicenda a celebrare le vostre nuove vite come compagne adorate.» Il suo tono traboccava buona arroganza, ma vidi Hazel arrossire, un piccolo sorriso sul suo viso mentre lui le accarezzava il collo. I suoi occhi si chiusero per metà, contenti. Knut ridacchiò un'altra volta, baciandola di nuovo, un buffo veloce sulle labbra, un segno di possessività, prima di stringerla tra le sue braccia. Poi riprese il vino, prendendone un altro sorso prima di darne uno anche ad Hazel. Nessuno dei due sorrideva, ma i loro occhi erano incollati su quelli dell'altro, e c'era tantissimo amore lì dentro.

Il mio corpo sembrava sul punto di rompersi in mille pezzi, per quanto mi mancassero Rolf e Thorbjorn.

Mentre la notte andava avanti, la festa intorno al fuoco si fece più rumorosa. Alcuni guerrieri tirarono fuori alcuni barili, per grande felicità di altri. Il vino prese a circolare come fosse acqua. Due lupi corsero dentro la festa dalla foresta, abbaiando e digrignandosi contro i denti. Presero a combattere mentre gli uomini tutto intorno facevano loro spazio. Gli Alpha non si alzarono dalla loro posizione accanto a Sabine, ma nessuno dei due tolse gli occhi dalla rissa. Quando uno dei due venne proclamato vincitore e il perdente provò a scattare verso il collo dell'altro, l'Alpha tatuato fu subito lì. Si mise in mezzo ai due e spinse il perdente per terra, tenendolo fermo lì fino a quando il lupo non abbassò la coda e prese a guaire. Un comando soffice e leggero dall'Alpha, e quello tatuato lasciò andare via il lupo. Entrambi andarono via.

Knut si alzò per andare a riempire nuovamente il bicchiere. Il suo viaggio lo portò vicino agli Alpha, con cui si fermò a parlare prima di tornare qui.

«Scoprirà qualcosa sui tuoi due compagni» mi disse Hazel. «Abbi fede.»

Presto riprese un'altra rissa, quella volta tra due guerrieri. Presero ad urlarsi contro e a tirar fuori le armi, e quella volta entrambi gli Alpha decisero di interferire. Ma, una volta gettate a terra le armi, furono lasciati liberi di azzuffarsi con le sole mani.

La Luna si fece più alta nel Cielo, bagnando i capelli di Sabine. Lei si sedette sulle gambe del guerriero tatuato, e quando un altro urlo si alzò nel Cielo, prese le sue labbra nelle sue e lo baciò.

Dall'altra parte, sua sorella, Fleur, sparì in un cerchio

intorno ai suoi compagni, soltanto per riapparire poco dopo quando il suo guerriero, grande e pelato, l'alzò sulle braccia. Prese a camminare verso gli alberi, le sue braccia a stringerla in vita, quelle di lei strette attorno al suo collo. Si baciarono mentre camminavano, gli altri due guerrieri dietro di loro.

Strinsi le cosce l'una contro l'altra. L'avrebbero presa nel momento esatto in cui fossero stati al riparo da occhi indiscreti?

Proprio di fronte a noi, Sabine prese a muoversi contro le gambe del suo Alpha mentre lo baciava, stringendo le dita tra i suoi capelli.

Sentii il respiro di Hazel accelerare. Anche lei riusciva a sentire l'elettricità nell'aria. Le mani di Knut presero a scivolare su e giù lungo le sue braccia mentre le sue labbra le mordicchiavano il lobo, le sue mani ora tra i suoi capelli.

Presi a tremare, sentendomi immediatamente fuori posto. Grazie a ciò che aveva detto Knut, io richiamavo su di me qualche sguardo fugace, ma nessuno si avvicinava. Ero certa che qualche guerriero, lì, sarebbe stato contento di reclamarmi, ma nessuno di loro era quello che volevo.

«Sage» disse Knut all'improvviso. «Vai verso il fuoco a prendere un altro po' di vino.» Mi offrì il bicchiere ed io lo presi, guardando però Hazel con preoccupazione.

«Knut—» cominciò lei, ma un braccio intorno al suo collo la fece fermare.

«Fidati di me» le disse, baciandola, facendo inclinare indietro il suo collo e toccandola fino a quando non la sentii gemere.

Fu a quel punto che mi alzai, tremante, e camminai verso il fuoco, tenendo il bicchiere di fronte a me come se fosse abbastanza per proteggermi. Quando raggiunsi il guerriero che si occupava di riempire i calici lui sussultò, sorpreso, ma prese poi il bicchiere e lo riempì, ridandomelo subito dopo.

«Resta a bere con me, piccolina» mi disse un guerriero, e

quello sembrò dare il via a tutto il resto. Un altro guerriero si avvicinò per attirare la mia attenzione, facendomi spaventare.

«Calma, dolcezza» disse il guerriero che mi aveva versato il vino. «Non mostrarti spaventata.»

Mi strinsi nelle spalle e marciai di nuovo diretta verso Knut, che mi stava guardando. Io tenni gli occhi sul terreno, evitando il contatto diretto con chiunque, soprattutto con quei guerrieri che sapevo stavano cercando di attirare la mia attenzione.

A metà strada, però, un corpo enorme mi bloccò il passaggio.

«E questa cos'è? Una profetessa non reclamata?»

«È stata reclamata» gli fece notare Knut. «Appartiene a Rolf e Thorbjorn.»

«Eppure non li vedo, qui. E, in effetti, cos'è che mi ferma dal reclamarla qui ed ora, di fronte agli occhi di tutto il branco?»

«Il fatto che probabilmente dopo sarei costretto ad ucciderti» disse una voce dietro di me, un ringhio, ed il mio cuore scappò fuori dal mio petto. «Allontanati, *adesso*.»

Quando il guerriero non si fece indietro, io vidi Thorbjorn finalmente apparire di fronte a me, diretto verso di lui. Si gettò su di lui e, con un paio di pugni ben assestati, il guerriero sembrò decidere che era arrivato il momento di farsi da parte.

Fu a quel punto che il mio guerriero si girò a guardarmi.

«Sage» chiamò, la sua mano a metà tra quella umana e quella da Bestia, il suo viso quello di un mostro... niente di tutto questo a fermarmi dal modo in cui le mie gambe scattarono verso di lui. Thorbjorn aprì immediatamente le braccia per me, prendendomi subito, e fu solo in quel momento che riuscii finalmente a rilassarmi.

«L'ho reclamata io, questa donna, insieme al mio fratello

guerriero» proclamò Thorbjorn.

«Ma lei non ha addosso il tuo odore» sputò il guerriero ancora per terra.

Thorbjorn ringhiò. «Ce l'avrà, dopo stanotte.»

Se ne andò via, con me tra le sue braccia, tra le urla contente degli altri.

Hazel mi guardò con occhi spalancati. Knut, accanto a lei, la strinse contro di sé, sorridendo soddisfatto. L'aveva pianificato, tutto questo—farmi camminare in mezzo al branco, solo per permettere a Rolf e Thorbjorn di reclamarmi davanti a tutti. Non sapevo se odiarlo oppure esserne grata.

Il viso di Thorbjorn tornò umano per quando la luce del falò andò completamente via. In silenzio, io ancora tra le sue braccia, scalammo la montagna verso la nostra casa.

Poi mi mise giù, ed io mi strinsi a lui, i denti a scontrarsi gli uni contro gli altri. Con attenzione e delicatezza, Thorbjorn districò le mie dita dalla pelliccia che aveva intorno alle spalle, poi la strinse intorno alle mie.

Si allontanò soltanto per andarmi a prendere un bicchiere d'acqua, e lo tenne lui mentre io bevevo.

«Che pensavi di fare, camminando in mezzo a tutti quei guerrieri completamente sola?»

«Mi ha mandato Knut a prendere il vino. Io non volevo andare.» Sentii le gambe farsi gelatina, e mi strinsi a lui, perché non volevo vederlo andare via di nuovo. «Non ci volevo andare. Ti prego, Thorbjorn, te lo giuro, devi credermi—»

«Sh, sh, piccolina. Certo che ti credo.» Thorbjorn mi prese di nuovo in braccio, poi si sedette sul letto. Io mi strinsi a lui, riempiendomi i polmoni del suo bellissimo profumo. «Domani lo uccido. Knut. Lo uccido, sì.»

Quel suo tono brusco mi fece ridacchiare. «Penso l'abbia fatto a posta. Per... noi. Voleva darti un modo per reclamarmi di fronte a tutti.» Alzai il mento per incontrare i suoi occhi. «Non so perché tu lo abbia fatto... lo so e... e lo capisco, che non mi volete più come vostra compagna.»

In un secondo mi ritrovai sulla schiena, Thorbjorn su di me, gli occhi nei miei. Il guerriero barbuto mi strinse i polsi sopra la testa, facendo scivolare una mano lungo tutto il mio corpo, facendomi tremare.

«Tu vuoi essere la nostra compagna, Sage?»

Mi morsi il labbro, gli occhi pronti a riempirsi di pianto. Come potevo essere la loro compagna? Ero debole, così debole. Non ero degna, ed ero rotta.

«Rispondimi» ringhiò lui, ed io girai il viso dall'altra parte, non riuscendo a sopportare quella sua rabbia diretta a me.

«Certo che voglio» gli dissi in un sussurro. «Lo voglio con tutta me stessa. *Vi voglio con tutta me stessa*, ma—»

Mi mise improvvisamente in piedi, liberandomi di quel vestito e spingendo le braccia sopra la mia testa un'altra volta.

«*Mia*» disse, gli occhi un bagliore dorato, ed in un attimo fu dentro di me. «*Sei mia.*»

«Tua» concordai, gemendo.

I suoi fianchi si scontrarono con forza contro i miei. Si spinse così tanto dentro il mio corpo, che mi sentii riempire completamente. Prese a muoversi più velocemente, spingendosi contro di me fino a quando non mi ritrovai completamente persa nel piacere.

Mi baciò con passione, riportandomi alla realtà. «Sage» sussurrò sulle mie labbra, la voce addolorata. «Perdonami, Sage. Scusami, scusami.»

Io gli accarezzai le spalle, stringendo le gambe intorno alla sua vita prima di guardarlo negli occhi. «Per cosa dovrei perdonarti?»

«Io—la Bestia...» Gli si ruppe la voce, e provò a ricominciare. «Non volevo andare via in quel modo. Non avrei dovuto andare via in quel modo. Ma eravamo così arrabbiati per quello che avevi fatto, per aver messo la tua vita in pericolo... non potevamo restare. Non volevamo perdere il controllo della nostra Bestia, avevamo paura.» Le sue dita si strinsero intorno alle mie cosce, con forza. «Ti saresti fatta prendere dal Re dei Morti.»

«Volevo salvarvi.»

«No, Sage. Tu, tra tutti quanti, sei l'ultima persona a cui è concesso di sacrificarsi. Non tu. Non dopo tutto quello che hai sacrificato in tutti questi anni.»

«È la mia vita, Thorbjorn...»

«No, non lo è più.»

Io abbassai lo sguardo. Mi ci volle tutto il coraggio del mondo per dire ciò che dissi dopo. «Mi avete fatto male, sai...» sussurrai. «Ve ne siete semplicemente andati.»

«Sei stata tu a lasciare noi per prima. Ti avevamo detto di restare al nostro fianco.»

«Non volevo vedervi morire!» urlai.

Lui si spinse un'altra volta dentro di me, piano, muovendosi lentamente, spingendosi con spinte punitive. Io mi strinsi a lui, lasciandomi andare al piacere, arcuando la schiena per prenderlo più in profondità.

«Mai più» ringhiò, quegli occhi dorati dritti nei miei. «Non disobbedirai mai più.»

«E voi non mi lascerete mai più» gli dissi io, con la stessa identica intensità.

Lo senti spingersi ancora più in fondo.

«Mai» rispose lui. «Tu appartieni a noi. Non ti lasceremo *mai.*»

Ci addormentammo così, intrecciati l'uno contro l'altra. Il giorno dopo, fui svegliata dalla sua bocca in mezzo alle mie gambe, e quando raggiunsi il mio piacere lui mi fece mettere in ginocchio per succhiarlo. Mi ripulì poi dello sperma che aveva spruzzato sul mio corpo, lavandomi con gentilezza.

«Dov'è Rolf?» chiesi poi. Ero contenta, calma, ma l'altra esatta metà del mio cuore si sentiva completamente vuota senza Rolf.

«È in giro, a fare il suo lavoro. C'è un grande numero di Berserker che non è stato ancora trovato. Erano con noi, in missione, al convento. E adesso lui ha deciso di andare a trovarli. Non voglio mentirti, mia dolce metà... è molto arrabbiato per ciò che hai fatto, e potrebbe volerci un po' prima che lui possa perdonarti. Dopo tutti questi anni, è... è difficile, doloroso, amare di nuovo. Soprattutto sapendo che ciò che amiamo è così fragile, così facilmente spezzabile.»

«Voi non mi permetterete mai di spezzarmi» gli dissi, poggiando la fronte contro la sua.

«Ma sarai comunque punita per quello che hai fatto» disse.

La mia vagina si bagnò immediatamente, e lui, come un segugio, prese a sniffare l'aria.

Poi ridacchiò contento. «Ah, quanto mi sei mancata, mia piccola Sage.» Le sue mani si strinsero dietro il mio collo. Aspettai che mi dirigesse da qualche parte, che mi piegasse, ma dopo aver stretto leggermente lui si allontanò, cercando qualcosa in un sacchetto vicino a lui. «Altri Berserker sono finalmente ritornati a casa. Le tue amiche Laurel e Willow sono al sicuro. Andremo a festeggiare insieme a loro. Ma prima...» si fermò, alzando il braccio verso di me e mostrandomi il plug.

Io sospirai. «Per forza?»

«A chi appartiene, questo?» chiese lui, stringendo con forza il mio didietro.

«A te e Rolf.»

«Brava bambina» disse, schiaffeggiandolo. Mi fece mettere sulle sue gambe, divaricandomi con le sue dita prima di far scivolare il plug oliato dentro di me.

«Che succede se, quando torna... Rolf non mi vuole più?»

chiesi in un sussurro quando mi fece rialzare per mettermi sulle sue gambe, le guance arrossate di umiliazione e desiderio, ma il cuore stretto in una morsa.

Thorbjorn mi accarezzò le guance. «Non c'è niente che Rolf voglia più di quanto voglia te, bimba. E quando torna, tu sarai pronta a prenderci entrambi, e fargli vedere esattamente quanto lo vuoi anche tu.»

* * *

QUANDO QUEL GIORNO ci avvicinammo nuovamente al falò, mi sentii molto meno impaurita del giorno prima. C'era una larga folla intorno ad esso, più barili di vino e molta più carne. Avrei dovuto guardarmi intorno per cercare le mie amiche ma, invece, i miei occhi non cercavano altro che l'altro pezzo del mio cuore che ancora mancava. Il mio compagno.

Thorbjorn mi picchettò il fianco, chiamandomi. Io mi girai, e lui si abbassò per sussurrarmi all'orecchio «Lì.» La sua voce divertita, mi indicò un punto di fronte a me, e quando io seguii la direzione del suo dito per un attimo mi mancò il terreno sotto i piedi.

Rolf era fermo lì, le braccia incrociate, nascosto per metà dall'ombra degli alberi.

«Vai da lui» mi mormorò Thorbjorn, spingendomi delicatamente in avanti.

Il cammino verso di lui fu la camminata più lunga di tutta la mia vita.

La luce delle fiamme danzava su suoi lineamenti, e quando fui di fronte a lui, lo vidi alzare la testa. Però non mi guardò.

Io caddi in ginocchio. «Perdonami, Rolf. Perdonami, ti prego» sussurrai.

Lui non rispose, ed io abbassai la testa.

Sentii il rumore delle foglie sul terreno muoversi, e seppi in quel momento che, di certo, doveva essere andato via da me un'altra volta. Strinsi con forza gli occhi, troppo stanca ormai anche per piangere. Mi sporsi ancora di più in avanti, le braccia incrociate intorno al corpo, e mi lasciai andare al desiderio di poter ritornare dentro quella capanna, ai piedi dei miei due compagni, al sicuro e protetta tutto il tempo.

E invece era finita. La realtà non voleva darmi tregua.

Rolf mi aveva respinta e, se l'aveva fatto lui, così avrebbe fatto anche Thorbjorn. Si sarebbero trovati un'altra compagna da reclamare insieme.

È assurdo quante paranoie riusciamo a farci nel giro di un secondo. Perché quello fu tutto il tempo che passò da quel rumore di foglie, e se non fossi stata così disperata, avrei sentito che non era lontano, ma molto vicino. Rolf si piegò di fronte a me, prendendomi tra le sue braccia lì, per terra. «Piccola mia» sussurrò, alzandosi in piedi con me tra le sue braccia. Io non riuscii a trovare la forza di guardarlo negli occhi.

«Perdonami, ti prego. Farò tutto quello che devo per farmi perdonare da te.»

La sua risata lieve gli scosse il petto, e così anche il mio corpo. Quel solo suono sembrò farmi tornare in vita. «Non ho niente da perdonarti, tesoro. E non devi fare assolutamente nulla» mi disse, scostandomi una ciocca di capelli. «Devi solo essere te stessa, è tutto ciò che voglio.»

Il mio petto prese a tremare dai singhiozzi mentre mi lasciavo cadere contro di lui.

«Oh, Sage, per favore, non piangere» disse Thorbjorn da dietro di me, con voce petulante. «Siamo grandi e forti e grossi e possiamo sopportare tutto però, lo giuro, se ti vedo piangere mi spezzi.»

Non potei farne a meno.

Scoppiai a ridere.

Quando alzai di nuovo il viso, Rolf appoggiò la fronte contro la mia. «Perché mai hai pensato di fare una cosa così stupida?» mi chiese.

«Perché volevo salvarvi la vita.»

Il suo ringhio mi scosse tutto il corpo.

«Non disobbedirai mai più, lo sai, vero? Se saremo costretti a punirti fino a quando non ti sarà chiaro, lo faremo. Ma imparerai.» La sua lingua scivolò contro il mio collo, salendo fino al lobo del mio orecchio, che prese poi a mordere e succhiare.

I miei capezzoli si inturgidirono immediatamente.

«Sì, Rolf.»

«Tu appartieni a noi, Sage.»

«Lo so. A voi soltanto.»

Mossi i fianchi contro di lui. La sua lunghezza premette contro di me, e il desiderio esplose in mezzo alle mie gambe mentre il mio vestito si alzava fino ai fianchi.

Lui prese a camminare dentro la foresta, dove la luce delle fiamme arrivava ad intermittenza, lasciando il resto nell'ombra.

Gli baciai le labbra, il mento, le guance, completamente persa in lui. Quando mi fece poggiare i piedi per terra, io mi misi in ginocchio e poggiai la bocca sul suo membro, lungo e duro a premere contro i suoi pantaloni.

«Prendetemi» dissi, lavorando sui suoi pantaloni per toglierli. «Sono vostra. Sarò vostra per sempre.»

Tirai fuori il suo cazzo, baciandolo. Lui si fermò di fronte a me, permettendomi di prenderlo in bocca un'unica volta, completamente, prima di farmi alzare di nuovo. Thorbjorn si spinse contro la mia schiena, le sue mani dentro il mio vestito, alla ricerca dei miei seni.

Solo qualche albero più avanti c'era il falò, e una montagna piena di persone, ma a me non importava. I miei uomini avrebbero potuto prendermi dovunque avessero voluto, ed io non avrei esitato a dare loro tutto quanto. Che il mondo ci vedesse, e capisse a chi appartenevo io... a chi appartenevano loro.

Rolf fu il primo a prendermi i fianchi e alzarmi, impalandomi completamente sul suo cazzo. Thorbjorn era dietro di me, e mi aiutava a restare in equilibrio. Tirò fuori il plug del mio ano con forza, ed io urlai.

«Non urlare così forte, piccola bambina cattiva» mi sussurrò Rolf all'orecchio. «Le tue amiche potrebbero sentirti. Potrebbero venire a cercarti.»

«Chi se ne frega» ringhiò Thorbjorn. «Lascia che vengano. Il tuo odore, i tuoi umori sui nostri cazzi. Non c'è bisogno neanche che arrivino qui. I loro compagni saranno già con le teste alzate a sniffare l'aria, a sentire lei, a prendere le loro donne per reclamarle immediatamente. Le profetesse saranno tutte reclamate, stanotte. Le loro urla echeggeranno per tutta la montagna.»

Con quell'ultima parola, Thorbjorn con violenza mi penetrò l'ano. Io urlai a pieni polmoni. Entrambi i cazzi presero a pompare i miei posti segreti, portandomi sempre più in alto, verso un posto dove non c'erano pensieri, soltanto sentimenti.

Persi completamente la ragione, divenni selvaggia, muovendomi contro di loro e graffiandoli mentre l'orgasmo mi stringeva in onde di tremendo piacere.

I miei compagni mi strinsero entrambi a loro, nascondendomi da occhi indiscreti con i loro corpi.

Quando uscii fuori dai fumi dell'orgasmo, Rolf e Thorbjorn presero a scoparmi con estrema lentezza ma con decisione, riportandomi esattamente al punto di partenza. I loro cazzi trovarono ogni singolo punto sensibile dentro di me, spingendo ogni singolo pensiero fuori dalla mia mente.

Mentre i loro movimenti si fecero più sconnessi, quasi vicini all'orgasmo entrambi, Rolf trovò il mio collo. Prese a succhiarlo con forza, la lingua a scattare contro il punto in cui palpitava il mio cuore. Lasciai cadere indietro la testa, dandogli tutto l'accesso che voleva.

Poi, Thorbjorn afferrò i miei capelli e li scostò indietro, reclamando l'altro lato del mio collo, il posto in cui il collo e la spalla convergevano.

Gemiti duri lasciarono le labbra di entrambi un secondo prima che sentissi i loro denti conficcarsi dentro la mia carne. Il dolore mi trasportò in un altro mondo, a metà tra il piacere e l'estasi completa. Urlai, incapace di trattenermi. Mi sentii come lasciare il mio corpo, guardando la scena dall'alto, i due uomini bellissimi e muscolosi intenti a scoparmi selvaggiamente e con violenza, tenendomi allo stesso tempo con una delicatezza estrema.

Vennero entrambi nello stesso momento, stringendomi con forza e spingendo fino in fondo i loro cazzi dentro il mio corpo, entrambi i loro fianchi a sbattere contro la mia pelle. E restarono così, con essi spinti con tutta la loro forza dentro di me mentre mi spruzzavano dei loro semi. Io raggiunsi l'orgasmo un'altra volta in quel momento, il corpo preso dagli spasmi intorno a loro. Ad un certo punto, i loro denti lasciarono la mia pelle.

Rolf mi tenne stretta, baciandomi teneramente la pelle del viso fino a quando non mi girai per dargli un bacio. Thorbjorn prese a lasciare una scia di baci lungo il mio collo.

«Che cos'era quello?» sussurrai, alzando una mano tremante per toccare la parte che era stata morsa.

*Il morso d'accoppiamento,* mi disse la voce di Rolf dentro la mente, un'eco profonda.

I miei occhi scattarono immediatamente nei suoi, guardandolo meravigliata. Erano dorati, ma bruciavano di qualcosa che non aveva niente a che fare con la fame. La luce della Bestia era più calma, più soffice. Contenta. Soddisfatta.

Innamorata.

Toccai le labbra di Rolf, accarezzandole.

*Riesci a sentirmi,* mi disse, sorridendo contro le mie dita.

Io annuii, ancora meravigliata. *Non ci posso credere...*

*Credici, mia dolce compagna.* Rolf inclinò il viso un'altra volta, quei suoi occhi brillanti nascosti dalle palpebre quando riprese possesso della mia bocca, in un bacio così dolce e calmo, così bello e profondo da togliermi il fiato. Le mie braccia si strinsero intorno al suo collo.

Thorbjorn uscì fuori da me, afferrando i miei fianchi. S'inginocchiò dietro di me, prendendo a lasciare baci sui miei fianchi, sul mio sedere. Il desiderio mi prese un'altra volta, fino a quando i miei fianchi non cominciarono a muoversi contro Rolf ancora, il suo cazzo a farsi immediatamente più duro, ancora dentro di me. Non m'importava che il falò e le persone intente a camminare attorno ad esso fossero a pochi metri di distanza. Eravamo in un altro mondo, un mondo fatto di desiderio, di passione, di amore. Un mondo in cui esistevamo soltanto noi.

«Ancora» gemetti, ma Thorbjorn mi fermò i fianchi.

«La nostra compagna è insaziabile. Riportiamola a casa, e reclamiamola come si deve.»

Thorbjorn mi circondò le spalle con il suo mantello e poi prese a camminare di fronte a noi.

Rolf, però, non mi lasciò andare per niente, sprofondato ancora completamente dentro di me mentre si faceva strada lungo la montagna, diretti verso casa, come fossimo una persona sola. Come se non potesse sopportare l'idea di staccarsi da me neanche un secondo. Passo dopo passo, la mia mente si fece sempre più pesante, e quando il mio corpo toccò il letto io strinsi le braccia attorno al busto duro di Rolf, le sue braccia intorno al mio corpo.

«Dormi, dolcezza» mi sussurrò Thorbjorn all'orecchio, ed io caddi in un sonno profondo.

* * *

L<small>E MIE GAMBE</small> tremarono quando una guancia ispida mi solleticò la coscia. Due lingue si muovevano all'unisono lungo il mio corpo, una sulla mia caviglia, l'altra più su, dietro il mio ginocchio. I miei capezzoli si fecero immediatamente turgidi, e con un sussulto aprii gli occhi.

Rolf era coricato in mezzo alle mie gambe divaricate. Thorbjorn sedeva un po' più su, intento a baciare e succhiare la pelle della mia caviglia. Le mie mani si strinsero alle coperte mentre i due guerrieri veneravano la mia pelle sensibile, mordendo e leccando con gentilezza fino a quando Rolf non arrivò a casa, in mezzo alle mie gambe. Thorbjorn si alzò e si sedette vicino alla mia testa, stuzzicando i miei capezzoli mentre il suo guerriero fratello leccava tra le mie pieghe. La sua lingua si avvicinava sempre di più al mio nodo di piacere, senza però arrivarci mai sopra. Io gemetti e pregai, alzando i fianchi verso di lui per spingermi contro la sua bocca.

Piccole gocce di piacere divennero presto un oceano, ma prima che le onde potessero consumarmi completamente, Rolf allontanò il viso dalla mia vagina.

«Abbiamo scelto la tua punizione, piccolina» disse Thorbjorn.

«E qual è?»

Rolf mordicchiò la mia coscia, ed io mossi i fianchi due volte, pregandolo.

«Sh.» Rolf si alzò, e poi si diede due pacche sulla coscia. «Vieni, Sage. Sopra le mie ginocchia.»

Io quasi mi gettai su di lui, ignorando le loro risatine.

«Lo sai perché ti stiamo punendo?»

«Perché ho disobbedito.»

Restai in silenzio mentre lui faceva scivolare la mano sopra il mio sedere, preparandomi alle sculacciate. Mi sentivo completamente al sicuro sopra le sue gambe. I miei pensieri andarono via completamente, sotto il suo tocco meraviglioso.

«Sbagliato.» Il suo palmo entrò a contatto con la mia pelle con violenza. Dolce dolore si fece strada dentro il mio corpo, portandomi al presente, facendomi ascoltare le sue parole. Aspettai, ascoltando il suo respiro controllato. Le sue dita mandarono via il dolore, ed io sospirai. C'era il paradiso in quel suo tocco, e allo stesso tempo c'era anche l'inferno.

«Sbagliato, Sage. Ti puniamo perché ti sei gettata tra le braccia del pericolo, senza neanche considerare la tua vita.»

«Ma—» mi sculacciò un'altra volta, forte, e a questo seguì un altro subito dopo, sull'altra natica.

«Lo so che volevi sacrificarti per il nostro bene. Ma non è così che ci servirai.» Le sue dita scivolarono tra le mie pieghe. Io quasi miagolai di piacere. Ero così bagnata, così pronta, così bisognosa.

«È così che ci servirai, invece. Sopra le nostre gambe, sul nostro letto, sulle tue ginocchia. Ti terremo calda e pronta per noi. Le tue urla, il tuo piacere, è con questi che ci servirai. E così che ci fai stare bene.» Le sue mani entrarono in contatto con la mia pelle con forza ancora una volta.

«Non metterai mai più in pericolo la tua vita» ordinò Rolf, ed era finale quel suo tono, ma pregno di una paura che non mi ero resa conto di aver causato loro. Fu quella paura a spezzarmi del tutto. Le sue dita strinsero la mia pelle con forza, con possessività, ed io urlai, il mio cuore a spezzarsi.

«Mi dispiace!» urlai. Lui mi sculacciò ancora, forte, violento, ed io presi ogni singolo colpo. Mi lasciai andare al dolore, a quella puntura calda, e la pace mi riempì completamente. Mi arresi a loro.

Quasi non riuscii neanche a sentire Thorbjorn fino a quando lui non si inginocchiò di fronte a me.

«Il fatto è che non ti rendi conto quanto tu sia preziosa,

piccola, bellissima bambina. E se dovremo punirti fino a quando non te ne renderai conto, allora così sia. Se per farti capire quanto tu sia perfetta, e quanto tu sia degna, è questo che ti serve, allora lo faremo anche per tutta la vita.»

Persi il respiro, e il mio corpo prese a tremare. Le sculacciate continuarono, i colpi di Rolf forti e leggeri, veloci e lenti, a colorarmi la pelle del sedere e delle cosce. Io mi strinsi alle sue gambe, le lacrime a bagnarmi le guance. Quando finì, mi strinse forte nelle sue braccia. Mi mise tra le sue gambe, masturbandomi fino a quando io non cominciai a muovermi contro la sua mano, lasciandomi andare al mio orgasmo.

«Ora giù» disse poi, facendomi mettere in ginocchio e prendendo il suo cazzo, pompandolo tra le mani. Non dovetti aspettare una sua parola, mi gettai subito con le labbra su di lui, avvolgendolo, affogandomi quasi nella sua lunghezza prima che lui mi riportasse su di lui.

«No, piccola, non voglio questo. Voglio *te*.» Stringendo tra le mani il mio sedere, Rolf mi alzò senza nessuno sforzo e mi fece sedere sul suo cazzo. Io lo feci entrare lentamente, gli occhi fissi su di esso intento a sparire dentro di me.

«Anche io» ringhiò Thorbjorn, spingendomi contro il petto di Rolf.

Io gemetti ad alta voce quando lo sentii spingersi dentro il mio ano, spingendo con forza senza neanche aspettare. I loro cazzi mi riempirono completamente ed io presi a tremare, incapace di muovermi, o di respirare, o di pensare. Potevo solo *essere*.

Quando finirono di pompare dentro di me fino a farmi vedere le stelle, io mi lasciai andare sul letto, senza alcuna sensibilità in nessuna parte del corpo.

Thorbjorn mi ripulì con un panno bagnato. L'acqua fredda era meravigliosa a contatto con il mio corpo caldo.

«Non è stata poi chissà che brutta punizione...» dissi.

«Oh, dolcezza... il divertimento è appena cominciato. Ti sveglieremo ogni mattina così. Poi ti puliremo. Resterai con il plug dentro il culo ogni singolo secondo di ogni singolo giorno quando sarai dentro casa, e addosso terrai soltanto i vestiti più corti.»

«E se le mie amiche vengono a farmi visita?» chiesi subito, allarmata.

«In quel caso, potrai indossare dei vestiti più lunghi, però sappi che se vorrai indossarli ti dipingeremo quel culetto ancora più di rosso, e il plug che infileremo dentro sarà molto più grosso. Non riuscirai neanche a sederti. Le tue amiche lo vedranno, e capiranno cosa sta succedendo. E tutti sapranno che appartieni a *noi*.»

* * *

Passammo il resto della giornata dentro, a scopare, fermandoci soltanto quando alcuni Berserker bussarono alla porta con carne fresca da mangiare—un regalo di Knut, per il nostro nuovo legame.

«Non è venuto lui stesso?» chiese Thorbjorn, un sopracciglio alzato.

Il Berserker alzò le mani, arreso. «Sono solo il messaggero. Knut ha una compagna... magari è impegnato con lei?»

«Oh magari è un codardo» disse Rolf, chiudendo la porta in faccia al visitatore. «Lo sa benissimo che voglio ucciderlo per non aver protetto Sage al falò, mandandola lì fuori attorno al branco intero.»

«Stavo bene» dissi. «L'ha fatto solo per permettervi di reclamarmi davanti a tutti.»

«Io non ti lascerei mai camminare da sola, neanche se fossi reclamata» ringhiò Rolf. «E Sage, sappi che quando saremo fuori di qui, tu non guarderai nessun altro se non noi. Non sarebbe appropriato, per la nostra compagna.»

Io incrociai le braccia al petto. «Ma è impossibile che io non guardi nessuno!»

Thorbjorn alzò lo sguardo dallo spiedo che aveva preparato per la carne. «E allora sarai punita.»

I miei capezzoli si inturgidirono immediatamente.

Rolf alzò gli occhi al Cielo. «Non glielo dire, Thorbjorn» sbuffò. «Ché poi si mette a sorridere agli uomini a destra e a manca soltanto per poter essere sculaccia—*ahi!*» si interruppe, massaggiandosi il braccio nel punto in cui io lo avevo appena colpito con un pezzo di legno, gli occhi assottigliati contro di lui.

«Mi sa che qualcuno vuole essere punito *ora*» disse Thorbjorn, e poi mise lo spiedo sul fuoco mentre Rolf si avvicinava verso di me.

Non ci volle molto perché mi afferrasse ma, quando mi gettò sul letto, non fu per nient'altro che per farmi il solletico. La capanna si riempì delle mie urla divertite, e dopo un po', Rolf semplicemente si lasciò cadere contro il materasso con un sospiro teatrale.

«Basta scopare, basta punire, *basta*, sono *stanco*» disse, allungando le braccia ad entrambi i suoi lati, chiudendo gli occhi.

Io mi alzai, guardandolo dall'alto, inarcando entrambe le sopracciglia. «Sei stanco?»

«Cos'è questo tono sorpreso? Siamo in viaggio da tanto, per gli Alpha, e abbiamo lavorato veramente duro per salvare le tue amiche.»

Io strinsi le labbra per non ridere. «Ah, certamente» dissi.

Thorbjorn si lasciò cadere accanto al suo fratello guerriero con un grugnito. «Noi ci siamo presi cura di te, piccola, dolce, meravigliosa Sage» disse, scoccandomi un sorrisetto. «Non credi che sia arrivato il momento di prenderti *tu* cura di noi?»

Io spalancai la bocca, guardandoli prima di schioccare la

lingua. «Ah, allora ecco perché sono qui!» scherzai, scuotendo la testa prima di girarmi per andare a preparare la cena.

E quando tutto fu pronto, li raggiunsi sul letto anche io, addormentandomi stretta a loro.

\* \* \*

UN GEMITO di dolore mi svegliò di soprassalto. Rotolai sul letto prima che Thorbjorn potesse fermarmi. Rolf era coricato di schiena, la testa a scattare da un lato all'altro, il viso contorto in un'espressione di paura.

«Sage?» chiamò Thorbjorn, svegliandosi di colpo. Doveva davvero essere stanco da tutto il viaggio, perché altrimenti mi avrebbe acciuffata prima ancora di poter fare un singolo movimento verso Rolf.

«No» dissi a quest'ultimo, scuotendolo. «Lei non ti può avere, Rolf. Tu sei mio.»

I suoi occhi si spalancarono di colpo, pieni di paura. Si focalizzarono lentamente. «Sage?»

«Rolf» gli dissi, prendendogli il viso tra le mani, accarezzando le sue guance con i miei pollici. «Sono qui, Rolf. Torna da me, amore mio.»

«Sage. Piccola mia» sussurrò, poggiando la mia fronte contro la sua.

«Sono qui» gli dissi. «Sono qui.» Lo baciai, e lui ricambiò lentamente, con timidezza, all'inizio. Poi si lasciò andare, facendo scivolare la sua lingua dentro la mia bocca, dominante, esplorandomi. Girammo sul letto insieme, e lui si mise sopra di me, entrando dentro di me velocemente, come se fosse casa. Mi scopò con lentezza, spinte calme e lente, ed io gli sorrisi ad occhi mezzi chiusi. Strinsi le gambe intorno al suo corpo, spingendolo verso di me, viso contro viso. I suoi fianchi continuarono a muoversi fuori e dentro me con

lentezza fino a quando non tremò di piacere. Prima ancora
che potesse parlare, io gli strinsi le braccia intorno alle spalle
e lo spinsi contro il mio corpo, completamente schiacciata
da lui.

«Dormi, amore mio» gli sussurrai. «Io sono qui. Nessuno
ti porterà mai via da me.»

* * *

Più tardi, i miei uomini mi portarono fuori. Mi mostrarono
il posto dove avrei potuto prendere l'acqua, il ruscello che
scorreva lungo il sentiero. Lo seguimmo fino a quando non
si divise in due lati, uno che portava verso il posto dove la
sera prima era stato acceso il falò, e l'altro che continuava
lungo il sentiero.

«Dove porta questo?» chiesi.

«Scopriamolo» disse Rolf, poggiando un braccio sulle mie
spalle e prendendo a camminare. Piccoli sentieri si districa-
vano oltre quello principale, ma gli uomini continuarono a
camminare avanti fino ad arrivare ad un precipizio.

«Vieni, Sage.» Rolf mi portò accanto a lui. Io mi tenni
stretta, mantenendo la distanza dal precipizio.

«Guarda.»

La collina e il resto dell'isola si estendevano sotto di noi.
Oltre un certo punto, la nebbia era così fitta da non permettere di vedere più nulla.

«Il Re dei Morti sta ancora provando a cercarvi. Ma c'è
della magia, in questo posto, che vi tiene al sicuro.»

Io tremai.

«Non è questo che volevamo mostrarti, però» mi disse
Thorbjorn.

«Guarda lì.» Rolf puntò qualcosa di fronte a noi. Mi ci
volle un momento, perché, all'inizio, l'unica cosa che riuscii a
vedere fu del fumo salire da un numero spropositato di

alberi. Allungai il collo, e fu allora che vidi delle sfumature di marrone. Una casa. E lì, un'altra ancora. E ancora.

«Sono tutte capanne?»

«Sì» annuirono i miei uomini. «Quella lì è di Brokk e Leif, che hanno reclamato Willow. E lì c'è Knut, che sta con Hazel, la tua amica. Ulf e Haakon hanno costruito la loro lì, e per loro hanno reclamato Laurel» e continuò così, a dire nomi su nomi mentre io continuavo a fissare l'enorme quantità di capanne di fronte a me, costruite all'interno della foresta, private, eppure con lo stesso fiume. Un piccolo villaggio dove poter stare insieme.

«Sono case, Sage» disse Thorbjorn. «Per i Berserker e le loro compagne.»

«Le loro compagne,» ripeté Rolf, «e le tue amiche.»

«Le mie amiche…» ripetei allora io, gli occhi già bagnati.

«La tua famiglia» mormorò Thorbjorn. «Te l'avevo detto, non è forse così? Che ti avremmo dato tutto. Tutto quello di cui avrai mai bisogno. Non ti mancherà mai niente, fino a quando starai con noi.»

Mi si appannò la vista. Strinsi forte Thorbjorn, spingendo il viso contro il suo petto. Dovetti deglutire una, due, tre volte, provando a ritrovare il respiro prima di riuscire ad alzare gli occhi su di lui e parlare.

«La mia famiglia è qui accanto a me in questo preciso momento.»

Lui mi baciò la fronte. Io ridacchiai, asciugandomi le lacrime, e quando mi staccai, Thorbjorn afferrò la mia mano. Rolf prese l'altra e, insieme con i miei due compagni, cominciammo la discesa verso la foresta. Verso i loro amici e le mie.

Verso la mia nuova famiglia.

# NOTA DELL'AUTRICE

*G*razie per aver letto la storia di Sage, Thorbjorn e Rolf!

Quando ho cominciato a scrivere la loro storia, non me la immaginavo così piena di disperazione e problemi. I miei personaggi mi arrivano con le loro vite già formate, e l'unica cosa che faccio io è sedermi e vederle sviluppare di fronte i miei occhi.

Detto questo, la storia di Laurel, Ulf e Haakon sarà molto più leggera—solo tanto, tanto divertimento!

Spero tanto che vi stia piacendo la saga dei Berserker! Ho tanti altri libri in programma. Del resto, c'erano proprio tante profetesse da salvare in quel convento, e tanti, tanti Berserker alla ricerca di una compagna. Tenetevi pronti per le storie di Laurel, Fern e Sorrel nei prossimi mesi. Le sto scrivendo in contemporanea con la nuova serie chiamata Draekon, in collaborazione con Lili Zander.

Grazie a tutti coloro che mi scrivono per dirmi quanto amano i Berserker. Se hai un amico che pensi possa essere interessato a questa saga, allora direzionali verso "Venduta ai Berserker" o "Salvata dai Berserker"!

# LIBRO GRATUITO

<u>Allevata dai Berserker</u> (solo per i fan più accaniti sulla lista e-
mail di Lee=)
Clicca qui per cominciare
https://geni.us/BredBerserkersIT

# LA SAGA DEI BERSERKER

*Per più di un secolo, i guerrieri Berserker hanno combattuto e ucciso per i re. Ma c'è un solo nemico che non possono sconfiggere: la bestia dentro di sé.*

Venduta ai Berserker

Accoppiata ai Berserker

Allevata dai Berserker (solo per i fan più accaniti sulla lista e-mail di Lee=)

Presa dai Berserker

Data ai Berserker

Rivendicata dai Berserker

Salvata Dai Berserker

Catturata dai Berserker

Rapita dai Berserker

Legata ai Berserker – Laurel, Haakon & Ulf

Piccoli Berserker – le sorelle Brenna, Sabine, Muriel, Fleur ei loro compagni

La Notte dei Berserker – la storia della strega Yseult

Posseduta dai Berserker – Fern, Dagg & Svein

Domata dai Berserker — Sorrel, Thorsteinn & Vik

Comandata dai Berserker — Juliet, Jarl & Fenrir

# SULL'AUTRICE

Lee Savino ha in programma di conquistare il mondo, ma quasi ogni giorno le capita di non trovare le chiavi o il telefono, così rimane a casa a scrivere romance "smexy" (smart + sexy). Adora il cioccolato, indossa sempre pantaloni da yoga e sta benissimo con i cappelli.

Se vuoi un po' di sano divertimento, unisciti al suo gruppo di dee (Goddess Group) su Facebook o visita il sito www.leesavino.com per iscriverti alla newsletter e ricevere un libro in omaggio.

Sito Web: www.leesavino.com
   Goddess Group su Facebook:
   https://www.facebook.com/groups/LeeSavino/

 Creato con Vellum